edition suhrkamp 2138

Seit 1984 veröffentlicht Friederike Mayröcker in schöner Kontinuität »Magische Blätter«. Band V präsentiert die in den Jahren 1994 bis 1998 (vor, während und nach der Arbeit am Roman »brütt« und an den Gedichten) geschriebenen kürzeren Prosatexte. Er setzt fort, was Harald Hartung einmal so beschrieb: »Es ist dies, wenn man so sagen darf, eine Wiener Melange: eine Mischung von poetologischen Statements, Sprach-Stilleben und autobiographischen Skizzen, entstanden bei verschiedenen Anlässen (wie Preisverleihungen), überarbeitet und zum Teil zu neuen Zusammenhängen collagiert. Das wechselt zwischen Analyse und Traum, ist notizenhaft und anspielungsreich verrätselt und manchmal auch unambitioniert und schön erzählt. Friederike Mayröckers *Magische Blätter* liefern nicht die handlichen Schlüssel zum Geheimnis ihrer Poesie, sie geben allenfalls Winke für den geübten Leser. Analyse und Selbstzergliederung ist ihre Sache nicht, obwohl die Autorin auch dies verstünde, wie sie gelegentlich – gleichsam persiflierend – beweist.«

Foto: Brigitte Friedrich

Friederike Mayröcker
Magische Blätter
V

Suhrkamp

edition suhrkamp 2138
Erste Auflage 1999

Erstausgabe

Satz: Jung Satzcentrum, Lahnau
Druck: Nomos Verlagsgesellschaft, Baden-Baden
Umschlag gestaltet nach einem Konzept
von Willy Fleckhaus: Rolf Staudt
Printed in Germany

1 2 3 4 5 6 – 04 03 02 01 00 99

Magische Blätter
V

Luftmaschen Brief an Monika Pauler

du bist gelaufen, weit, in Frankreich, um 1 Zeile, um mir 1 Satz zu holen, von 1 bestimmten Ort, dort war die Zeile der Satz angesiedelt, ich weiß nicht wie es zuging, dann waren meine Eltern oder die Eltern meines Geliebten, ich glaube wir spielten alle möglichen Szenen durch *so Familien Szenen*, mit einem Weihnachtsessen im Zusammenhang ich sah Romy Schneider in 1 großen Bett mit 2 anderen jungen Leuten, sehr hübsch, lebhaft, aber es war keine Liebesszene, einfach so, zu dritt, wie Kinder, Geschwister, und jemand erklärte mir, dies seien Proben für Romy Schneiders nächsten Film, der so und so heißen sollte, es war 1 französischer Titel, ich war plötzlich des Französischen mächtig, du bist dann fortgelaufen, um den Anfang einer von mir geschriebenen Textzeile zu suchen, an einem bestimmen Ort, den wir nicht genau kannten, wir vermuteten, es sei auf Seite .... und dies entsprach einem Ort ich glaube in Frankreich, und ich zeigte einer Verkäuferin in 1 Warenhaus 1 winzige blaue Blüte / Veilchen? die ich zwischen Zeigefinger und Daumen festhielt und sagte : *so etwas aus Tüll oder Seide möchte ich, oder Samt, irgend Bijou*, nämlich veilchenblau, aber man wies mich ab, das spielte sich in großen Räumen ab, es besaß 1 erotische Aura, aber unausgesprochen, wie irrend, suchend, dann rollte sich zusammen das Ende einer Musik, und entrollte sich wieder. Ich dachte an Romy Schneider, ich dachte, sie ist doch gestorben!, oder hatte ich mich geirrt?, ich erinnerte mich, beim Festessen hatte ich statt des bereitliegenden silbernen Messers mein Schweizer Armeemesser benutzt, usw., mein Geliebter sagte IM ALTER BEKOMMT MAN 1 ABSTAND ZU MANCHEN DINGEN, aber dann verbesserte er sich, NEIN, 1 NÄHE ZU MANCHEN DINGEN, und ich sagte, WAS JA DAS GLEICHE IST, NICHT WAHR, dann sagte er : HABE MANCHMAL DEN EINDRUCK DU BIST VERRÜCKT, ABER AUCH ICH BIN VERRÜCKT, *nämlich Abstufungen von Mänteln.*

vom Winterschreiben

und weil der Frühling schon astgabelt, sage ich, und starre auf die Vorlage, und der Fußball wie 1 Pandabär aussieht, und die Fotografie, die 1 Bildnis von Lucio Fontana imitiert, aufplatzt im Schlaf Verkehr, ich meine indem *1 Schlaf Vokal* angefügt wird, und weil die Zeisige und Sperlinge spornten und sprossen : spornen und sprießen : angespornt vom Vorfrühling, sage ich, weil es also schon sproßte und spornte zwischen den ASTGÄBELCHEN der Wildbrüche und -büsche, Wildbäche und Willkommsträuße, welche, mir zugewandt, ihre Saftleiber und Ekstasen vorführten, so daß keiner mehr damit rechnen konnte, jemals noch 1 paar Flocken Schnee auf der Zunge zergehen zu lassen, wie es am allermeisten (-liebsten) die Kinder, usw., dann geht 1 Lüftchen raus und cembaloiert in die Pantalons und Stiefletten daß es allenthalben ums Riechorgan streicht und streicht und das Naserümpfen die Runde macht und dergleichen, und der Siphon am UNTRKÖRPER DES WASCHBECKENS sichtbar wird und der Seifenrest am Waschbeckenrand, und die lila Handbürste *ebenda*, deren Borsten verschleiert, eklig verschleiert mit Haarsträhne, und ich diesen *Bausch und Bogen*, ich meine was gestapelt wurde vor dem Zubettgehen, einfach alles auf den weiß-einst-weißen Küchenstuhl geschmissen : gelagert : geschichtet, etc., je nach Stimmung, Leibchen und Höschen, Sokken und Jeans, 1 Stück Jeans, 1 Knopfzentrale, 1 Schlaufengürtel, Knospe und Hardware, während auf dem Frühstückstisch, tausendfach angerichtet, konsumiert, die aufgeschnittene trockene Zitrone neben der Teetasse, und die Tapete übergeht auf das Tischtuch nach Matisse Art : Variationen immer des nämlichen Augen Themas : Tapetenflora sprießt auf Tischtuch des darunter stehenden Tischchens fort, sitze ich etwa im winzigen Automaten Buffet, sage ich, während intermittierend 1 Faden Blut aus linkem Ringfinger sickert, Automaten Büro / Dubuffet / oder WINKEL WERK, ach sagt Mutter, dieses WINKEL WERK, du weißt schon, in dieser Taubstummengasse, Kabine mit Kleinst-

bühne, ruf doch von unterwegs an, daß du gut angekommen bist, usw.
Automatische Fotokammer, mit beigefarbenem gefälteltem angestaubtem Vorhang, der mich vor neugierigen Blicken bewahrt. Der Zehennagel wird schwarz, sage ich, nur dessen Mond ist farblos geblieben, habe früher nie gewußt, daß Zehennägel Monde besitzen, etc. Kopfunter an paneelierter Holzwand *der Gesang einer Krähe*, während intermittierend TRENZE BLUT aus linkem Ringfinger, Milchflasche : Milchflakon in Sternenhimmel, vermutlich Flugobjekt, sage ich, Himmels Knabe auf Kanapee : Knabensopran in Giovanni Battista Pergolesis STABAT MATER : habe repeat-Taste gedrückt, sage ich zu Mutter, ich bin ganz verrückt darauf!
So Schnappschüsse von Boxerhose auf Marmorfensterbrett im Treppenhaus, sage ich, was ist die (tiefere) Bedeutung solcher Exponate, sage ich, unnennbare Utensilien, *Überbleibsel* einer Lebens Person, ausgetrockneter Filzstift, roter slip, graue Filzstiefel mit gestepptem Schaft, draußen liegt Schnee, Februarschnee, Knabensopran schleift wie Schleppe in meinem Hirn, flügge flüchtige Schwalbe *mit rotem Brustbein* schmachtet durchs Bild, reichlich anachronistisch, sage ich, altväterisch, Gratulationskartengruß. Bessermerbirne wird abgestaubt, ausgetauscht, Kachelwand Zierat im Waschzimmer, Mackintosh Apfel auf Spurensuche : 5 verblühte Märzenbecher in 1 dunkle Vase, einzelner kleiner Rollschuh, OHNE EINANDER IST MAN TOT, sage ich, des Waldes Splitter, und wie die Sperlinge knittern und knistern durch lachsfarbene Luft. Ach, sage ich, mir drückts das Herz ab!, ich habe mir, ich glaube, den Knöchel GEDEMÜTIGT, schließlich auf der *Heizlunge* : Stoffserviette : zu liegen gekommen (mitternachts) statt Bettuch das rohe Inlet, während mit schlappen Schwingen 1 paar Fingerlinge auf dem Fußboden landen, neben dem Nierentischchen oder Nadeltischchen und alternierende COMBINAIGE hingegossen erscheint auf Mutters Nähmaschine mit Pedal oder Pendel, Marke SINGER.
Auf gelben Zettel notiert diese Art von Rotations- oder Schärpen Prosa, sage ich, dann die Wachträume in rasender Geschwindigkeit durch meinen Kopf, einander überholend, sich überschla-

gend und huschend, also durch lichtgrüne Wipfelblicke hinein ins betörende SFUMATO.

zu Automatenfotos des Jan Wenzel

Wien 1924 bis

»... die trottenden Zwei... ohne vom Fleck zu kommen trotten sie getrennt... der Schatten der einer Frau: einer alten Frau... «

und ging so lange in dieser Stadt das Kind und ging an der Hand des Vaters das Kind und ging an der Hand der Mutter so lange, und stand vor dem rotierenden *Automatenbüffet* in der Mariahilferstraße, wünschte sich ein belegtes Brot mit Ei. Ja, dieses!, ruft das Kind, tippt mit der Fingerspitze gegen das Glas. Das ist zu teuer, sagt Vater, nimm ein anderes. Er wirft eine Münze ein, die Wurstsemmel streckt sich dem Kind entgegen, das Kind verschlingt die Wurstsemmel. Sie kommen an der Ruprechtskirche vorüber, Vater sagt: die älteste Kirche von Wien, sagt Vater, das Kind hört kaum hin, so oft schon zugehört wenn Vater erklärt. Das Kind vermutlich mit anderen Dingen beschäftigt, Vater sagt: wir gehen hinein – wirf die Semmel weg! Das Kind weint, wirft die Semmel in den Rinnstein, folgt mit gesenktem Kopf, fühlt sich verletzt.

»... noch Vorderschädel und starren noch Vorderfuß... «

wir machen einen Ausflug auf den Kahlenberg, sagt Vater, das Kind und die Mutter freuen sich, wir nehmen Brote mit so brauchen wir nirgends einzukehren, sagt Vater, für die Straßenbahnfahrt reicht das Geld, sagt Vater. Wir wandern zum Leopoldsberg hinüber, sagt Mutter, und über die Nase nach Nußdorf zurück.

»... gesagt für mißgesagt zurück ist weiter irgendwie weiter obenlose untenlose Rückenstümpfe beinlos weiter trottend links rechts ohne vom Fleck zu kommen, weiter... «

Vater knipst, Boxtengor, nette Bildchen mit gezackten Rändern, Mutter packt den Proviant aus, weiße Stoffserviette auf ihren Knien. Butterbrote aus Blechdose, in der Mitte zusammengelegt, ein hartes Ei, ein kleiner Salzstreuer. Das Kind klettert hinunter. Mutter bietet Zitronentee aus filzbezogener Proviantflasche an, das Kind will nicht essen nicht trinken, verharrt auf seinem Aussichtsplatz, saugt ein das Bild zu seinen Füßen, Landschaft Vorfrühling märzkalte Brise, das Ponyhaar fliegt. Mutter ruft: komm essen, später ist nichts mehr übrig.

Es gibt Fliegeralarm, das Kind eilt mit der Mutter in den Luftschutzkeller, ein Köfferchen mit Dokumenten und Wertsachen unter dem Arm. Wiedner Hauptstraße 96, die Sirenen heulen, sie hocken bei Kerzenlicht, die Erde bebt, Gebete und Angstschreie, alte Männer und Frauen, winselnde Hunde.
Das Kind liest in Wotrubas Aufzeichnungen, Wotruba schreibt: wenn ich tot bin, werde ich so groß sein wie die Stephanskirche. Das Kind denkt nach, es spricht darüber mit einer Schulfreundin, private Volksschule Nikolsdorfergasse 8, fünfter Bezirk.
Die Spiritusblume, sagt Mutter, die Großtanten sitzen neuerdings bei Petroleumlicht um Geld zu sparen, sagt Mutter. Wenn wir sie besuchen, schenken sie uns ein Glas Marillenmarmelade.
Das Kind sieht zu, wie die Kirche zum Heiligen Florian in der Mitte der Wiedner Hauptstraße abgerissen wird, das Kind ist verstört. Das Kind empfängt die heilige Taufe die erste heilige Kommunion die heilige Firmung. Es trägt ein lichtgraues Georgettekleid von Mutters Hand, weiße Söckchen und schwarze Lackschuhe, der Firmungswagen wartet schon, er ist mit weißen Seidenblumen geputzt. Es ist ein lauer regnerischer Maitag. In den Prater, sagt die Firmpatin, das Kind weiß nichts zu sagen. Die vielen Kerzen, denkt das Kind, die Luftballons. Sein Lächeln wirkt angestrengt auf den Fotografien. Es findet sich nicht zurecht, nirgends. Die Mutter beschützt es, nimmt es in Schutz, spricht dem Kind Mut zu. Sie fahren zusammen nach Baden, wandern im Helenental, rundum die mächtigen Föhren, es summt im Föhrenwald so heiß ist der Tag. Sie sprechen wenig, halten sich an den Händen wenn es bergauf geht. Der Kaftan des Kindes der Sonnenhut der Mutter .. die wirbelnde Stadt. Der Lichtscheffel, sagt Mutter, du sollst dein Licht nicht unter den Scheffel stellen.

Himmel und Hölle, sagt das erwachsene Kind, Balanceakt Leben und Wien.

» .. im Schädel alles vergangen! längst unversehens vergangen .. weiter irgendwie weiter .. «

(Zitate: Samuel Beckett) (1995)

Thomas Bernhard in meinem Kopf

vor etwa 25 Jahren treffen wir einander erstmals und zufällig im Haus des österreichischen Botschafters in Rom. Man bittet uns, im kleinen Kreis, zu Tisch, wir sitzen nebeneinander. Thomas Bernhard sagt im scherzenden Ton zu mir, »wir sind beide in Österreich schwarze Schafe«, was mir gefällt. Später wird er von einem Tischnachbar gefragt, woran er arbeitet, er sagt, er schreibt an einem Stück mit dem Titel »Der Pracker«.
Etliche Jahre später, an einem Sommerabend, Ernst Jandl und ich spazieren am Graben, kommt Thomas Bernhard uns entgegen, ich vermute, es war das Jahr in dem sein Buch »Holzfällen« erscheinen sollte. Ernst Jandl lädt ihn in eines der dortigen Lokale auf 1 Glas Wein ein. Er scheint zuerst einverstanden zu sein, nach einer Weile jedoch lehnt er ab.
Seit damals habe ich ihn nicht mehr gesehen aber immer, und immer öfter, mit großer Bewunderung und Begeisterung gelesen.

Maria-DIANA von den Pflanzen, oder DER KÜCHENTISCH, nach Simone Kappelers Photographie »Küchentisch, 1. 12. 1992«

meine enge Botanik, und wie er *düstert* in diesem Zimmerausschnitt, er, dieser Kochtopf Deckel, verkehrt auf der Tischplatte liegend, mit demoliertem Rand oder Krempe, abgestützt (wie auf Ellbogen sich stützend) auf dem nicht sichtbaren Deckelgriff, dessen perfekte Basedow Augen, ich meine dort wo der Griff des Deckels ankert, dieser so sich präsentierende Blechdeckel : umgestülpt, seine Innenfläche offenbarend, die hervorstehenden eng aneinanderliegenden Augen eines antiken Gottes, oder wie das römische Brunnenrelief der Bocca della Verità, jedoch ohne Maul, absurderweise.
Die Krümel auf der Tischplatte neben dem Holzteller, die Tasse, dahinter der Aschenbecher halb verdeckt, so daß er der Tasse einen Glorienschein zu verpassen scheint, etwa *bügelgleich*, beleuchtet von oben, Gerippe von Holzstühlen, Hockern – vielleicht ausschließlich Hocker, weil bei genauerem Hinsehen keine Stuhllehnen auszumachen –, halbgeöffnete Tischlade, Rippen des Radiators, knapp angeschnitten am oberen Bildrand, große Keramikschüssel, wohlbestalltes Profil : Wohnküchen Profil oder was. Der Fliesenboden : wabenförmiges Vlies . .
der Deckel muß sehr heiß gewesen sein, vermutlich rasch aus der Hand gelassen, auf die Tischplatte gefallen, mit der Innenfläche nach oben aber wie aus dem Gestrüpp hervorgekrochen die Kinderschar, Garten denkbar, direkt vor dem Fenster, aus dem verkabelten Gesträuch und Geschütz, die Kleinen sich gegenseitig anpinkelten, nämlich zum Spaß zum Beispiel, an glühendheißen Sommertagen, im Gartenparkett hinter Gebüsch und Gefild, oder möglicherweise Teich mitten im Gartengelände, Gartendikkicht, wo man gebalgt und gerudert und dann hereingestürmt in die Stube, zum gemeinsamen Essen – oder kauerten inmitten Farnkrautwedel, Schilfhang, Blumenkelch Wildnis, Schlupfloch

und Brunnenschacht, usw., und da ist eine Stimme, weiß nicht was für eine, wahrscheinlich mütterlich, und sagt DU BIST ENTFIEBERT? ODER ENTFIEDERT? (was zur Vernetzung passen würde des Himmels, der von unablässigen Vogelflügen durchkreuzt) und vor dem Tor als Fußmatte der lange schwarze Hund, Jagdhund, als Arm mit dem pochenden Herzen . .
die Besteckade halb geöffnet, nehme jetzt das GESAMMELTE BESTECK heraus, oder nehme mir jetzt den GESAMMELTEN BECKETT vor, und verschlinge die köstliche Speise. Ich meine das sind natürlich alles Vermutungen, bis auf den Schatten, der geworfen wird von dem Kochtopf Deckel, von der Keramikschüssel, von der Kaffeetasse, den Tisch- und Stuhlbeinen : ein unverwüstliches vegetatives System, wie gesagt wird.
Wie es tatsächlich sich verhält : wir sagen etwas wir reden zu einander aber wir reden nur so vor uns hin, aber wir wollen etwas ganz anderes sagen, aber wir wollen etwas loswerden, aber es ist zu schwer, von den Dingen zu reden die uns wirklich bewegen, ich meine es ist viel einfacher, von nebensächlichen alltäglichen ungenauen Dingen zu reden auch Klatsch . .
oft unter Tränen *die Rosaknappheit*, *die Patzen der Berge*, weil wir haben bis ins hohe Alter geweint, usw.

die Taube das ist 1 großes Tier 1 Renaissance Tier
mit hoher Brust und purpurroten Zehen
totarmer Stimme auch Picasso

was die *erdkundlichen oder Wander Sprachen* im Werk von O. P. angeht, so habe ich viel geweint, zurück getastet ins liebe Innsbruck, oder in Lauffen habe ich so geweint, denn der eine Teil des Ortes lag am Nordufer der andere am Westufer der Thaya, ich sah die Vogelbeeren leergepickt in ihren Halbschalen, sah die Rostflecken der Laubbäume im Mischwald, also was die Paradies Sprache : diese *Paradieses Sprache* des O. P. angeht, habe ich viel gelernt oder geweint, plötzlich 1 Gedicht mitten im Prosatext, in der Prosatextur 1 Vers, usw., Gefahr des schönen Wahnsinns rückt näher, *die Busenkleidchen enorm auf dem Trottoir*, Abdrucke irgendeiner Nässe : Regen oder magere Pisse, verzweigte Hörner, Windlocken als Fähnchen Kleid, auf steht der Regen ich meine er regnet aufwärts, wie Springbrunnen Zierat in Ischl an einem kalten Augusttag, ausgeteufeltes Wetter überall, oder der *Regenhaut Abend* an den Uferwegen am See, in Altaussee, in einer rüttelnden Juli Dämmerung, und ich immer vorauslief, weil so viele Meilen und Meter in meinen Schuhen und Füßen gespeichert waren, so viel Vorrat an Meilen und Metern, daß ich vorauslaufen mußte und Luft in mich pumpen mußte während langsam als langsamer Schatten O. P. mir folgte, was ich genoß, was diese Wander Sprache des O. P. angeht, setzt sie sich aus DENK LICHT BILDERN zusammen, oder DENK LICHT BLITZEN, daß man sich ganz durchkreuzt und durchzuckt vorkommt, und was die *Verweilung* angeht seiner Fußnerven, Sehnen, Gelenke, war ich vorausgelaufen und wieder zu ihm zurückgelaufen, zwischen zwei Gewittern, zwischen zwei Regenfällen, zwischen zwei Gabelgärtchen, in dieser blanken bläulichen Nacht, zu Füßen der See, was die Verweilung angeht, so erschienen mir seine und meine Sprache als Pünktchen in der Landschaft, auf der Landkarte des Kalküls wie *Filmschlaf*, Verteidigungsrausch, wie

Lindenblüten Konzept usw. (alle 3 Composita aus Träumen gefischt!), und dann drängte sich zwischen uns KLEINE SAHNE, während ich das Sieden des Eintopfgerichtes am Feuer beobachtete . .
solange ich belauschen kann, oder : so lange du *belauschbar* bist nämlich mein Lauschen daß du am Leben bist, sage ich zu O. P., kann ich gewiß sein, daß ich selbst auch noch am Leben sei, usw.

für Oskar Pastior zum 70. Geburtstag

aus dem Garten des zwanzigsten Januar, für Eugen Gomringer

wie bist du konkret wie konkret bist du, die geschnitzten Gesichtszüge eines indianischen Königs, ein schweigsames Haupt auf massivem Gedankenleib, prägnierte Flächen von Haut: Rechtecke, Quadrate, Fonds mit fliegenden Buchstaben, unfügsamen Zeilen, Spatien in beredten Wortblöcken: ein verstummter Ort, von wo es in den tiefen Brunnen der Kindheit geht, tief hinab in den Brunnenschacht der Ängste und Träume, dort wo ALICE sich wiederfindet, nachdem sie ins Bodenlose gefallen, in einer unauslotbaren Welt sich wiederfindet: die Spatien zwischen den Worten, das SCHWEIGEN eingekreist von Geräuschen, Tönen, Quallauten der Sprache: dorthin kann man noch flüchten, da ist vermutlich noch ein Fluchtpunkt zu finden. *Großkerl-Engel-Enkel* ich meine dein Augenpaar – eine poetische Lebensphilosophie! mein scheußlich verwildert' Gesicht sucht dein Augenpaar, die Wortflächen deiner Züge, so eines Jungadlers so eines Kabinettstücks. Also Aderlaßpäckchen dein gegerbtes gebündeltes Haupt, diese Geistesklötze zwischen den Zeilen deines Gesichts, ausgestempelt in Männergewand aus Schleiernessel und indianischem Flor, in deiner abstrakten Stadt, in deinem abstrakten Haus, in deiner abstrakten Kajüte, blickend hinaus mit seeblauen Augen auf einen weiten Prospekt. In den Nächten stelle ich mir manchmal die Frage, ob die Sprache deine Sprache vielleicht selbst ein Gedächtnis hat oder ist.

der Tiger von Eschnapur, Film

zu dem Dokumentarfilm »Am Stein« von Othmar Schmiderer und Bodo Hell, Super 16/Blowup 35 mm, Farbe, Dolby Stereo Digital, 110 min.

andere Dickungen am Tränen Plateau, Alm Locken Wölkchen am Himmel und auf der Erde, weiche dicke Unterwolle/-weide. Die Alm dort wie sie *gerannt* ist mit dem Hasen (Karnickel) am Himmelfahrtstag, als der Paragleiter : rubinrote HUTSCHE im schwebenden Himmel, und Schwindel erzeugte beim Betrachter, die Himmelpfort Schäfchen als Spiegelbild – ich glaube ich habe es so gesehen – eines Schäfchen Wolken Himmels, und was man sonst noch von der Anhöhe aus erblicken konnte, das mit Tränkplätzen, Salzlecken, Landstraßen, Waldpfaden, Sülzen durchkreuzte Talland, also das Schönste waren daran die Hasen (Karnickel), Hof- und Hüttenhunde, anscheinend unbegrenzt hinfließende Dimensionen von Hochfluren, Krönungen, Gebirgsnadeln und Luftprismen, Wegwarten in Nationalsprachen (»1000 m, 2000 m, 3000 m, usf.«).
Die Eis Katalog Wälder und Wildwuchs mit Nadelfrost, die reglos stehenden pelzstrotzenden Forste und Einöden, das schwarze Karnickel wie es heranhoppelte, neben den Hühnern die es verachtete, als ich krank und frierend mitten im Sommer : Ende August ich glaube Frühwinter!, an der Wegkreuzung auf einem Kilometerstein hockend, lieber Kimono gesagt, auf den bestellten Jeep wartete, daß er mich ins Tal bringe zum Arzt. Dieses schwarze Karnickel betrachtete mich lange aus rosigen Augen, wir fielen nämlich einander in die Augen, weil wir einander ja nicht in die Arme fallen konnten. Ich hätte es gerne berührt, mich an seinen lieben langen Ohren herabgetastet, seine rosafarbene Schnauze gestreichelt, aber meine elende Verfassung ließ diesen Minimalaufwand nicht zu, wir rissen uns von einander los, als der Fahrer mich in den Wagen schob oder hob, und ich weinte während der Fahrt in meinen Jackenärmel. Unten sagte er dann, hier

wohnt der Doktor! und entließ mich ohne Grußwort. Der Arzt hieß übrigens Dr. Thier, was ich bezeichnend fand, und im EKG gefiel ihm DIE EINE ABLEITUNG MEINES HERZENS NICHT, ich fuhr mit dem Autobus wieder auf den Berg hinauf und starrte lange durchs Fernrohr, ich schnurrte durchs Okular und erstarrte beim Anblick der Schneefelder, EWIGES EIS, nämlich aus meiner Nicht-Erinnerung, oder aus einer Erinnerung, die ich mir vorstellen konnte, eigentlich konnte ich alles imaginieren. Es gibt also keine Erinnerung, daran krankt die ganze Sache, nicht wahr. Andererseits habe ich ja schon 1 paar Mal 1 Berg gesehen mit TAROCK, Liebchenkreuz, Kuschel Kuhflade, Häuser mit abgebranntem Dachstuhl, Gärten mit Kinderschaukel, Gipfelkreuz oder Schneestecken, Latschen und Herbstzeitlosen, wurzeldurchflochtene Steige, die wie Treppenfluchten abwärts führten, glitschige Mooshänge, das Durstige des Kalkgesteins, gerade noch rote Steinnelken, samt Wurzelstock ausgehoben, aufs Almweide Grab verpflanzt, usw.
Der Wiedehopf, Rastplätze, 1 mal 1 Adler gesichtet, der in 1 Tal einzufallen schien, irgendein Pünktchen dort versprach ihm vermutlich Beute. Habe den Wintervorrat der Holzstöße an der Hausmauer gesehen, gerochen, den duftenden Einlaß in einen Bergwald, die Runen an den Stämmen der Bäume, das Gespinst zwischen Fuchsien, Füchsen, rötlich gefiedert, gefächert, gebuscht, nächtliches Farnkraut, während die Fährte des Fuchses mir voranging, ich meine zitternd die Brennschere neben dem Teekessel in der Hütte, der Blut- und Betschemel neben der 1 wenig angeberisch wirkenden Eloquenz der alten Sennerin, oder wie im jüngsten Traum vernommen »IN FRAUEN BUSCHEN LEIDET JA, IN ZARTEM SCHATTEN (IRRT) .. «
(»es gibt gute und schlechte Orte, und an den schlechten soll der zausige Schatten unter dem Strauche hervorschleichen, wie gesagt wird .. «) während der Bussard, das Maultier mit der Fracht auf dem Rücken, das *Gebell* der Paviane, ich meine das laute nackte harte Gähnen : das Gebell, Gebrüll nach dem Versteck des Viehs, das sich verlaufen hat im Gebirg, dieses menschliche Gähnen : Gebell : Gekreisch, erschreckend roh, auf der Suche nach dem verirrten Tier, nach des verirrten Tieres Wider Rufen, usw.
Hast du die weißlichen / gelblichen Flecken gesehen auf seinem

Gesicht, 1 Lichtspiel (Licht Blick) in rot, da wo sonst die Schurrhaare angebracht sind, zu beiden Seiten des Mundes des Mannes, der aus der Fischdose ißt. Nein, habe ich nicht – sind es Grübchen? Eben nicht, eher das Gegenteil. Während draußen vor der Hütte spielen *mit Pomeranzen Papier* die beiden Hirtenhunde, Lämmer, Kälber. *Keinerlei Reiberei*, sage ich, überhaupt kam mir vor, die Rösser sehen wie Hunde aus, hatten den Blick von glühenden Hunden, Pfeile und Initiale, Herzbube in rissigen Baumrinden immer wieder gesichtet, Dünenschopf, Karstimitationen.

Am Heimweg sagt er, SO IRGENDWIE GETIGERT DIE FURCHEN FLUREN, NICHT WAHR!, ich schlage zuhause bei TIGER nach : Faksimiledruck Brehms Tierleben, plötzlich rundes Gesicht auf dem Monitor, ganz unvertraut, sein Pferdekopf hat zum Katzenkopf mutiert. Die weißen langen Wimpern der Albino Klockkalbinnen, gestyle Anmut des ruhenden wiederkäuenden Tieres, Gliedmaßen *hingegossen*, Assoziationen zu Odaliske Gemälden von Matisse hervorrufend, Eidechse regungslos auf Altschnee, weißer Bergmohn, schwebend, jemand stapft mit Muff und Regenschirm Type KNIRPS durchs Bild, Schneegestöber, Schlittenhunde an der Spitze der Expedition –

Hauptsache die Dinge schreien! so machen sie sich am besten bemerkbar, sage ich, ihre vokale Prominenz verleiht ihnen die Chance, wiedererkannt, wiedergefunden zu werden.

1 dünnes Schaf oder Dünen Schaf auf der Flucht, oder ist es nur sein Schatten. Im Innern der Hütte die Backstube : *Sparherd*. Petroleumlampe, Kerzenlicht, wo befindet sich Abtritt? Reste des heutigen Nachmittagstraums : ».. oh du jammervoller Fischer Bube .. «

Inniger Schneefall, Schaf in gleichmütiger Ergebenheit im Schutz einer Zirbe, am oberen Bildrand – Wald- und Atempflanzungen, ach, eigentlich braucht man fast NICHTS zum Leben in dieser *letzten Wildnis und Wildheit*, nicht wahr.

Blättersitten

zu Fotoarbeiten von Manfred Gruber

(1)

der Anlauf des Föhrenwalds war vehement, Unterwuchs rauhreif versponnen, eingeschneit. In den LILO SCHNEE an die 30 Meter (Traum).

(2)

Orgie weißer Schnee Objekte, weißes Gefieder. Der Mutter auf den Ellbogen geflüstert während sie Kartoffel schält in der Küche, sage ich, nämlich die junge Staude, rauhreifschwer, in die Knie gegangen, zwischen den dunklen Stämmen des Nadelwalds. *Nerven Zucker*, abermals, angezuckert nicht süß. Nach Sakrament : ich, indes, den Forst betretend, riecht es nach Sakrament.

(3)

»der Start des Kastanienbaums« (Max Ernst), die Öffnung der Kastanienbaumallee, die nackten Äste, am Ende der Perspektive 1 Rauhreif, etwa Nervenschnee oder -schleier. Stapfend den schneebeckten Alleeweg mit flüchtiger Radspur rechts.

(4/5)

man kann nicht sagen daß sie einander umarmen, nein : zu sehr menschlichem Verhalten angeglichen, obwohl, das Urbild der UMSCHLINGUNG drängt sich auf, mit dem Veilchen Teich ergeht es mir ähnlich. Dieses Eckchen Botanik – ich glaube Zweig und Fleisch, daß du umarmen möchtest 1 alten MANTEL der im Begriff ist wegzugehen.

(6)

und Jegliches das sich Bad Ischl nennt: wo ich las bis in die frühen Morgenstunden und exzerpierte aus der »Naturgeschichte« von Max Ernst und wiederbegegnete den »Blättersitten« und seinen »feuilles«, lauter Imaginationsmaschinen, nicht wahr.

(7)

»die faszinierende Zypresse« (Max Ernst) : nein – 1 bißchen *wuscheliges* Weidenhaar, Ahnung von Palme vielleicht, dünner hoher zerfranster Stamm, verankert in Halm und Busch, aufregend wehendes Haupthaar, nämlich Spiegelbild als Idol.

(8/9)

»du bist doch da gesessen, damals Sommer, die nämliche Bank, mit dem aufgeschlagenen Buch in der Hand, aber an deiner Kopfhaltung ist zu erkennen, du weißt daß fotografiert wird, Rückenansicht, jetzt Winter, die nämliche Bank, aber ohne Figur«, die gegenüber liegenden Wälder brauen, der schneebedeckte Tisch, die Sitzbank, 1 grauer Wind.

(10)

namens GEKNICKTER AST 1 wimpelartiger Vogel 1 wimpelartiger Fisch, nein 3 Fische am Rande des Weihers ins Bild geritzt gekratzt geschnitten, 1 Dessous unter Wasser mit deutlich schielendem Auge, *die Mantille des Schwans*: weiße sausende Stille.

(11)

Granit Text / Herbst auf Dielen, das raschelt doch unter den Sohlen wir schuffeln (stiefeln) durchs Laub, darunter feuchter Morast, Wald- oder Wiesen Flanke, milchiger Durchblick, im Hintergrund TALISMAN an 1 Zweig (Buche? Linde?) : Halskettchen, schwankend.
Plötzlich nachts, 1/2 2, fällt es mir wieder ein : »und auf Bäumen geschlafen«, schlage nach bei Klopstocks Ode »Winterfreuden« und dann ins Moos hinaufgestiegen ins Moor.

(12)

1 kleinere Jesus Wiese darin der mäandernde Bach, Lichtreflexe, festgespültes Herbstlaub an den Rändern des Wassers, ich glaube auf Spaziergängen Reisen Rotunden, 1 Rauch 1 Schaum 1 zärtliche Wolle, 1 von Stürmen entwurzelter dünner Stamm hängt in der Schräge, am Ende des Wäldchens WEISSLICHE LANZE erdwärts zielend.

(13)

du merkst an : »dieses Blatt würde ich noch härter ausarbeiten . .«, aber es ist 1 Geisterwald, sage ich, von SEBASTIAN PFEILEN durchbohrt, alle Pfeile als weiße Schatten von links oben nach rechts unten schießend, abermals, weiß nämlich *Studium des Todes.* Zerlaugtes Papier : Wald aus zerlaugtem Papier im Traum zog 1 Vogel 1 weiße Schleppe nach, im morschen Boden 1 schwarzes Gerinne.

(14)

auf den 1. Blick : 1 Kokoschka Gemälde (eines seiner bestürzenden Städtebilder!), dann Nachwinter, Schneeschmelze, absackender Fluß, an der Böschung von 1 Ufer zum anderen die Äste der nackten Bäume in einander verschlungen, da ist was da so Zungen am Horizont (oder : da ist was da sind doch irgendwelche kleinen Musiken in dir), nicht wahr.

so 1 Hinunterpastell oder über das Wasser

was / stehendes Wasser – ist es 1 Regenpfütze, ist es der Tegeler See, dessen jenseitiges Ufer man nicht sehen kann, ist es der Bodensee, an dessen jenseitigem Ufer, ich meine *stockfleckig*, die andere Stadt, die anderen Städte sich erheben, die Wellen sich bäumen gegen den Stein, gegen die Mauer, sich wuchtend schlingen verschlingen wie tollwütiges Haar, usw. Gegen zerscherbtes Gestade der Trubel das Getöse der Wassermassen, ich habe es selbst gesehen, von diesem Punkt aus, von Meersburg aus, von der Spitze der Anhöhe, welche mit köstlichen Pflanzungen übersät, mit dem Zirpen von jungen dunklen Vögeln im frischbelaubten Geäst sich mir darbot, und dies alles. Der feuchte Sand, den die Ebbe zurückläßt, am adriatischen Meer, dieser laue feuchte Sand, in welchem die nackten Füße sich vergraben oder Furchen mit geheimen Zeichen zurücklassen, ich meine *den Trödel der Spuren* im feuchten Sand, alles dies, und in einem umlaufenden Wolkenband, unter einem leuchtenden Wolkenband .. *mari : Sumpf* : stehendes Wasser, ach was / die zusammenhängenden Wassermassen der Erde .. der Atlantik, und wie er hochschwappte, damals, in Miami, gegen die in der 2. Etage gelegenen Hotelzimmerfenster, und ich erschrak und eine Handvoll Wasser schöpfte und einfing und auffing mit meinen Händen und zerdrückte in meiner Faust, diese feuchte Locke, nicht wahr, diese rauchige Locke, ich weiß nicht mehr von welcher Farbe, also atlantikfarben, und wie es heraufschwappte zum Fenster von unten vom flutenden Strand bis herauf zum hochgelegenen Fenster meines Hotelzimmers, und wie es schnaubte an meinem Fenster und ich mich herausbeugte und sie auffing mit meiner Hand diese hochschießenden Tropfen Meer und weinte in meine nasse Faust, und benetzte Gesicht und Hals mit den heranbrausenden Tropfen Meer und selig war. Stürzte mich dann gegen Mittag in die Fluten, nachher die Füße mit dem Petroleum aus der Kanne abgespült (»mit 7 leeren Ölkannen«, K. Rexroth), so verschmutzt das Meerwasser am Strand, niemand außer mir ging da hinein, aber ich tat es entgegen

allen Warnungen, tauchte auf mit teuflisch verschmierten Sohlen, Teer, neben Halbsträuchern mit kleinen Blüten, etc.
Was habe ich noch außer acht gelassen, die Morgenträne zum Beispiel, das Badewasser für die ermüdeten Füße, das Schwimmbad auf der Anhöhe über der Stadt, in welchem ich stundenlang schwamm, damals, mit schlankem gestrecktem Körper, *die raren Kulissen* eines mich durchdringenden Abendsonnenglänzens, durchs Auge hindurch, während des Hinterlaufens zur Bahnstation .. die Eiszapfen im Nacken, in der Vorstellung, die Vorstellung, sie gleiten mir eiskalt den warmen Rücken hinunter, die Schweißtropfen der Ungeduld, der Scham, der Erregtheit, das triefende Haar im Regen ohne Schirm, da ich im Regen ging und vor mir sah jene vertrauten Bilder aus Filmen, in welchen sich Paare im strömenden Regen küssen, umarmen, vereinigen.
Die grüne Gießkanne mit dem Brausekopf im Garten im Abenddämmer, und wie das Wasser aus den Löchern des Brausekopfs sich versprengte, versprühte, verstreute, und der windige LESEPOET, wie er den Teich umrundet, mit dem Buch in der einen, dem großen Schirm in der anderen Hand, dieser WORT CÄSAR.
In Nizza, das eine Mal nur, eine lange Ergriffenheit : Taufbad in gelb und raketenblau, und sie zeigten sich dann an der Küste, es waren ausnahmslos alte Männer knochig gedörrt und stiegen langsam ins Wasser oder warfen sich, einen Anlauf nehmend, flach hinein daß eine Gischt sie für Sekunden verschlang, es war Mitte November, aber milde zog er den vergangenen Sommer nach, dieses Gespann von Blumendüften und Palmen, *daß die Tische beinahe im Meer standen, daß ich ganz zum Zittern anfange wenn ich mir das zurückrufe.*

für Inge Dick

Lieber Levin Schücking

Sie schreiben: *Unsere Primavera!* – und meinen damit wohl mich. Ach, könnte es nur sein ... könnte mein Ich – wie es geschwind durch die Felder eilt geradezu auf der Flucht vor Anderen – im endlosen Umherfahren der Phantasie erblühen! – Litt ziemlich auch an den Augen in jüngster Zeit, und alles mit halbem Blick auch die Küchensachen und Blumen, Pflege des Gartens, nicht wahr, es fäustelt Platanen. Wenn Sie in einer Entfernung auftauchen, kann ich Sie mehr ahnen als ausmachen, trotzdem ist mir jeden Morgen die Bet- oder Bettelstunde gewährt, in welcher ich drauflosschreiben kann, ohne daß jemand mich stört, da schüttet der Heilige Geist oder Sonstjemand über mich, was ich ihm abgebettelt, und dann ist die Glorie auf dem Papier, blaue Tinte.

Ach, lieber Levin, die nackten Platanenstämme am Seeufer, Sie kennen den Blick, die kunstvoll beschnittenen Äste, Fäusten gleich, recken sich himmelwärts. Dies alles 1 trostvoller weil vertrauter Anblick; wenn ich aber allein bin, nachts, in dieser Nelkennacht, kann ich weinen wie 1 Kind und dabei glühen und rasen vor Schreibfieber.

All die politischen Umstände hierzulande und außerhalb – davon verstehe ich viel zu wenig, müssen Sie wissen, ziemlich ohne geschichtliche Perspektive, so arbeite ich, weil erfüllt von anderen *Transmotionen*: nämlich mich hin und wider treibenden Gefühlen, Erinnerungsresten, Prospekten, Gesprächskurven, Landschaftsbildern, eigentlich -silhouetten, poetischen Stelen, illuminierten oder tiefschwarzen Stimmungen, *Flüsterungen und Fluiden*: 1 Art *Eigenhörigkeit* hat mich eingeholt, ohne daß ich Ihnen erklären könnte was genau ich damit beschreiben will. Ich kann, lieber Levin, während ich mit Ihnen zusammen bin, mit Ihnen sitze, Ihnen ins Auge blicke, Gespräche habe mit Ihnen, mich vollkommen vergessen, ich meine ich kann auf mich in diesen Augenblicken auf mich auf meine Schreib Figur vollkommen vergessen und mich einstimmen lassen von Ihnen wie 1 Instrument sich einstimmen läßt auf einen zu fixierenden Leitton, nicht wahr, so ist es mir immer aufs neue 1 Anliegen und 1 Sehnsucht und 1 Befriedigung, mit Ihnen einige Stunden des Tages zu verbringen, 1 *Zurückpolstern gleichsam.*

Sie fragen mich, lieber Levin, *wovon handelt die ganze Sache?* oder Sie fragen, *wovon handelt was Sie geschrieben haben?* – und ich antworte beinahe ungeduldig, es ist 1 *Leibspeise*, eigentlich *Leibes Speise*, während der Morgen *eisblau oder eisblumenblau oder in Schneefarbe herabtriftet* – welche Sequenz die Literaturkritiker veranlassen, ja, herausfordern könnte, diese meine Arbeit als »lyrische Prosa« zu disqualifizieren, was, zu meiner Befremdung, schon vielemale geschehen ist; andererseits sich ihre Gemüter erhitzen wenn ich, ihrer Meinung nach, so *krasse* Bilder wie im *Fundator* erfinde, wo es heißt, daß *die Schwäne ihr tiefes Schnarchen tauschen.*

Den Freunden, die jahrelang auf Post von mir warten, gestehe ich ein, daß ich *alles vergessen habe*, daß ich *alles vergessen muß*, um schreiben zu können, man muß sich ja einspannen, einspinnen, *tatsächlich einspinnen lassen*, hat man sich auf 1 Schreib Projekt: auf 1 Schreib Diktat einmal eingelassen, da gibt es kein Zurück, oder das Ganze ist schon verdorben, nicht wahr.

Ich habe erfahren, und man will es sich nicht eingestehen, man denkt auch während des Schreibens fast pausenlos an die künftige Rezeption des Geschriebenen, ich glaube es ist so, also alles auch adrett und penibel, *nicht nur das Brausen der Elemente!*

Das flotte Vorgehen der Zeit, wie *Entenflott* (was oben Schwimmendes bedeutet), veranlaßt mich, der trügerischen Vorstellung nachzugehen, daß immer gleich Ostern ist, immer gleich Ostern und Weihnachten, und immer wieder gleich Frühling, und der See, und die Berge, und der Sommerregen und das Streichen durch Moos und Gräser, und immer wieder gleich Herbst, und das 1. Herbstlaub, und Schnee, und Umkehr und Wiederkehr, und *Ahnung von Ende!*

Ich habe lange nicht umgeblättert, lieber Levin, ich habe meinen Tischkalender lange nicht umgeblättert, viele leere Blätter in meinem Tischkalender, am 12. September steht, daß Sie kommen, nachmittags 3/4 5, seither haben wir einander kaum gesehen, kaum von einander gehört, *der Winkel : der Engel des Buches*, ich meine *das strömende Linienziehen zwischen uns, usw.*, mein Talent nämlich, müssen Sie wissen, steigt und stirbt mit Ihrer Liebe zu mir, *in Krepp gehüllt die langsamen Konversionen*, nicht wahr.

Man wird diese Briefworte in keiner Sammlung der Briefe von Annette von Droste-Hülshoff finden, jedenfalls nicht in einer solchen Zusammenstellung oder Abfolge. Dieser Brief wurde von mir erdacht, als Verbeugung vor ihrem, der Droste, Ingenium.

Laudatio auf Elke Erb, anläßlich der Verleihung des Erich-Fried-Preises am 2. April 1995 in Wien

mit Bart und Zopf und Busen : die Bart- und Zopf- und Busensprache : der aus Flandern stammenden Legende von der heiligen Kümmernis nachempfunden, welche mit Bart und Zopf und Busen am Kreuz hängend ihren Glauben bekennt. Und ist an Gnadenstätten das morsche Tier amorphe Tier : die nach 1633 aus diesem Namen und Kreuz erdichtete Legende sollte auf die schöpferische Kraft der Phantasie hinweisen mit ihrem Drang die Bilder sprechen zu lassen –
Elke Erb ist das, was man einen poetischen Geist nennen möchte, sie wird getrieben, sie ist befallen von der poetischen Manie . .
so rufe ich auf am heutigen Morgen die Dichterin und ihre verhüllte eingehüllte unbetretbare Sprache, ihre undurchdringlichen Sprachhüllen, ihre leuchtende GROTTENSPRACHE, GANGLIENSPRACHE, ihre gemalte ÜBERSETZUNGSSPRACHE, analog einem Wort von Marcel Proust : die guten Bücher sind in einer Art Fremdsprache geschrieben. Und Artaud : jede wahre Sprache ist unverständlich, und, anläßlich eines Besuches bei unser aller Lieblingsbuchhändler : Buchwissenschaftler : Lektürevorschmecker Reinhold Posch erfahre ich : ein großes Buch muß sich lesen wie aus einer fernen fremden Sprache übersetzt, wie von weit her, wie eine alte Schrift in einer alten märchenhaften Übersetzung so wie sie unserer Kindheit Glanz verliehen hat : Poesie also die im modernen Sinn wieder zum Märchen geworden ist. Und Elke Erb selbst sagt : DAS LEBEN LEBT MIT DEM SCHREIBEN.
Wir begegnen einander zum erstenmal im damaligen Ostberlin, wann mag das gewesen sein, ich vergesse das Jahr, wir laufen die leeren öden Straßenzeilen entlang, gesäumt von häßlichen Gebäuden, Richtung Hotel Metropol, wo ich logiere. Sie redet . . sie redet vor sich hin, redet zu mir her, ich kann kaum folgen, die Rede scheint aus einer mir bislang unbekannten Geisteswelt zu kommen. Die Rede fesselt mich, ich möchte festhalten was sie

spricht, vielleicht Selbstgespräch, denke ich, magische Sprache, alle Punkte berührend, alle Punkte der Erde, gleichzeitig im Norden und Süden des vorgestellten Globus auftauchend, das Bejahende das Verneinende ins nämliche Satzgefüge in die nämliche Wortfolge eingepaßt, ich lausche gebannt dieser Quelle der Geheimnisse dieser Zaubersprache, wie aus einem fremden Originaltext herübergeholt, diesen bisher nicht erfahrenen verbalen Einsichten, Verweisungen, Phantasien, Einschätzungen, Erkenntnissen. Ich unterdrücke das Verlangen, mein Notizbuch hervorzuziehen um alles aufzuschreiben.
Die Versuchung war groß, denn deine Rede, liebe Freundin, brachte die ergiebigste Poesie hervor. Du redetest vermutlich zu dir selbst, jedenfalls mehr zu dir als zu mir, oder zu jemandem den ich nicht erkennen konnte, der vielleicht als dritter mit uns war – eine Rede flüchtiger Poesie die nicht zuläßt daß man sie festmache, keine Möglichkeit mich einzuschalten in diese Rede, die sachlich-gelehrt klingt, gleicherweise rätselhaft anziehend : weite Gedankenbewegungen und emotionales Utopia ahnen lassend.
Alles verweht, trotz meines Versuchs im Hotel nachzuzeichnen, was ich erinnert hatte. Ebenso erging es mir bei weiteren Begegnungen in Berlin, in Wien, während langer Telefongespräche, in Briefen von dir an mich.
Wenn Elke Erb etwas aufschreibt, so ist es genau das was sie aufschreibt aber noch viel mehr was nicht auf dem Papier steht, und meist etwas ganz Disparates, nämlich etwas aus gegensätzlichen Elementen zusammengefügt.
Beim Lesen ihres jüngsten Buches UNSCHULD DU LICHT MEINER AUGEN komme ich aus einem Zustand des Staunens nicht heraus. Halbartikulierte, unartikulierte Töne von Empfindungen überschwemmen mich. Ich trete zurück um Abstand zu gewinnen. Feinstgesponnenes neben kruden Wortklötzen, Mund Sprache neben Traum Sprache neben Politik Sprache neben Erinnerung Sprache neben Kommentar Sprache oder was sonstwie vom niedrigen Pferd gebraucht wird. Ihr Wortwildwuchs als Idiotikon, Enzyklopädie, klassisches Wörterbuch, virtuelle Wunderwelt der poetischen Weisheiten und Verwandlungen : alles in allem Quelle der Inspiration für mich .. Elke Erb in Berlin Elke Erb in Wien Elke Erb am Jausentisch in meiner Werkstatt,

wo ich mitschreibe, wo ich ein Aufnahmegerät mitlaufen lasse – denn meine noble Zurückhaltung der ersten Begegnung ist längst verflogen, und sie läßt es geschehen.
Diese ihre singuläre POESIE WUCHT in welcher eine blanke Wirklichkeitssicht übergangslos als ein dem Surrealismus nahestehendes Sprachraffinement aufleuchtet, beglückt mich immer von neuem : immer ihr gleichzeitiges HIER UND DORT, scharfe Realitätsoptik gepaart mit monströsen Sprach-Plasmen : reinigend, aufrüttelnd, Katharsis erzeugend.
SIE SPRICHT WIE SIE SCHREIBT : man beachte die Rangordnung : *sie spricht wie sie schreibt* – nicht : *sie schreibt wie sie spricht!* – Brigitte Struzyk sagt in ihrem Nachwort des von ihr herausgegebenen Auswahlbandes »nachts, halb zwei, zu Hause« : »Nicht selten ist es geschehen, daß solche, die mit dir geredet haben, erstaunt feststellen, daß du ja auch so sprichst wie du schreibst, und so handelst wie du denkst .. «
eins geht ins andere über : das Zirkelige, Strenge, Wirklichkeit Abpausende (eine Art Fotorealismus wie bei Gerhard Richter), neben Aufgelöstem, Zitterndem, Zotteligem, Fransendem, und dies wieder neben Analytischem, Kritischem, Zergliederndem – Celansche Unauflösbarkeit gepaart mit Brechtscher Eindeutigkeit und Massivheit.
Das hermetische LICHT bei ihr, nicht, wie von Rezipienten und Literaturkritik meist beklagt, das hermetische DUNKEL. Das hermetische LICHT ist vorherrschend, die aufgeklärte Erleuchtung pflanzt sich fort.
In dem Band »Kastanienallee« ist der Dichterin der Versuch gelungen, ein ganzes Buch hindurch ihre Gedichte zu kommentieren, wobei die Kommentare nicht als Lese- oder Verständigungshilfe gedacht sind sondern als selbständige Texte. Elke Erb wollte mit diesen Kommentaren den Denkprozeß erfassen, dessen Ausdruck das Reden und Schweigen der Texte ist, ein profundes Nachspüren nämlich der Bedingungen des jeweiligen Schreibprozesses. Hier gibt es, wie sie selbst es bezeichnet, das offene, das geschlossene und das prozessuale Gedicht.
Vielleicht könnte man diese Kommentare SELBSTENTZÜNDUNGEN nennen : sie scheinen sich ja an dem den Gedichten innewohnenden Ernergiefunken entzündet zu haben, bringen die

Leuchtkraft des Gedichts in neue Verbalformationen ein, entfalten sich zu akribisch sich aufspaltenden Gedankenbewegungen, weitausgreifend, in einem philosophischen Denkprinzipien sich nähernden Duktus. Ein unendlicher Verweisungsfluß also, der jeweils zu erratischen Blöcken sich zusammenballt.
Im weiteren hat Elke Erb den Begriff der VERSFÄHIGKEIT geprägt, d. h. es gibt nichts für sie das sich einer VERSFÄHIGKEIT widersetzen würde. Sie kann alles verbalisieren, sie kann alles versfähig machen, längst hat sie sich aller Skrupel, Fesseln, Eingrenzungen und Tabus entledigt. Kindliche Rezeptivität mischt sich mit disziplinierter Reflexivität, UND ALLES IST MÖGLICH.
Einer meiner Lieblingstexte in ihrem Buch »Vexierbild« ist die Fünfzeilenprosa »Bewegung und Stillstand« aus 1980 – ich zitiere:

Kommt man mit der S-Bahn von Mahlsdorf über Kaulsdorf und Biesdorf nach Friedrichsfelde-Ost, sieht man zwischen Biesdorf und Friedrichsfelde-Ost links immer diese Neubauten, aus deren Hunderten Fenstern man die S-Bahn zwischen Biesdorf und Friedrichsfelde-Ost immer vor sich sieht.

Eine andere sehr einprägsame Passage aus dem Buch »nachts, halb zwei, zu Hause« mit dem Titel »Eifel-Erinnerungen« sei noch zitiert:

Und ich ging einen Weg und sah von da den Buschwald an, der sich, aus der Senke hoch, rechts hinter unseren drei Nachbarhäusern über den Berg zog, und erwog den sentimentalischen Gedanken in mir: Niemals, nie wird es möglich sein, diese vielen verschiedenen Grün zu malen, zu haben. Oh, haben, was man sieht, nicht haben können! Aber ich durfte ja, und die kleineren Schwestern und Nachbarskinder eiferten mir nach, in meinen einfachen Farben die glückverheißenden Erntekränze malen. Gelb für die Ähren, Ocker – Kartoffeln, Weintrauben – Blau. Und schon malte ich auch Röschen und Ranken – Schmuck, der einen Brief oder Willkommensgruß umrandete.

…

Mochten die Jahrhunderte und Völker an Wunder glauben, ich glaubte nicht. Ich war streng. Die Räuber, hatte mir Pappa, als er auf Urlaub gekommen war und mit mir über das grüne Land spazierenging, erklärt, sind weiter nichts als arme Söhne von Bauern, die den Hof nicht erben können, welchen nur der Älteste bekommt. Sie rauben nur bei den Reichen, den Armen tun sie nichts. Ich war die Älteste. Wir waren keine Bauern. Alle gingen in die Kirche, wir nicht! Wir würden in die Hölle kommen, sagte man mir. Es gab keine Hölle. Ich ließ die Ziege gewähren, die mir die Schürze anfraß, und wurde wegen meiner Dummheit gescholten. Der böse Fuchs sprang über mich hinweg ins Kornfeld. Am Sonntagmorgen. Die Mamma ging und suchte das zerbissene Huhn.

Das ist Elke Erb als Kind, ältestes von drei Geschwistern in dem kleinen Dorf Scherbach, welches aus vier Häusern besteht. Hier ist sie 1938 geboren, hier wächst sie auf, mit Hund und Rind und Ziege, mit Hase, Huhn und Katze. Mit elf zieht sie mit ihrer Familie in die Stadt, nach Halle an der Saale, DDR. Dazu notiert sie: »mich verlangte nach der Stadt wie nach der nächsten Wachstumsstufe« – und an anderer Stelle:

! Und gestern fuhr ich beim Einschlafen auf:
Die Kindheit in der Eifel, sie war auch schon
öde, sie war öde!
......

Studium in Halle, erste Schreibversuche, 1966 Übersiedlung nach Berlin. Kontakte zu Erich Arendt, Adolf Endler, Sarah Kirsch, Karl Mickel, u. a. Für das Buch »Kastanienallee« erhält sie 1988 den Peter-Huchel-Preis, 1990 den Heinrich-Mann-Preis.
Das wohlgefällige artige Chaos im Kopf entläßt Wort für Wort Gedanke für Gedanke (denn immer kommt zuerst das Wort, dann erst der Gedanke, getreu dem Bibelwort IM ANFANG WAR DAS WORT). Zuerst das Wort, die Worterscheinung, der Wortaufgang, die Epiphanie des Wortes, danach der Gedanke, paradox aber wahr. Fragen Sie einen Dichter, befragen Sie ihn nach seinem Leitstern und Ursinn, und er wird sagen: er habe erst *nach* der Vollendung seines Werkes gewußt was er eigentlich habe

schreiben wollen. Niemals im vorhinein, das darf gar nicht geschehen.
Ein seßhaft gewordener Wunsch von mir : über deine Gedichte, Freundin, über jene Gedichte von dir, die meine Lieblingsgedichte geworden sind, NICHT sprechen, NICHT schreiben zu müssen, was freilich die schlimmste Voraussetzung für das Zustandekommen einer Laudatio ist, aber : was sollte ich auch sagen, zu sagen haben über dich, deine Vita, dein beeindruckendes Werk .. sollte ich vielleicht, womöglich in chronologischer Folge, die Titel deiner Bücher aufzählen, sollte ich berichten über deine Schreib- und Lebenshöllen in der Vergangenheit jenes Landes, in das du 1949 mit Eltern und Geschwistern dich aufgemacht hast, *von welcher Hoffnung getrieben*, frage ich mich, in diese Stadt HALLE, dieser DIVA IN GRAU, sollte ich nachzeichnen deine Lebensentwicklungen, Niederlagen, Höhepunkte des Schreibens und Publizierens in Berlin? – – ich habe es unterlassen, es ist nachlesbar in deinen Prosabüchern , in deinen Gedichten .. so wirst du es hinnehmen müssen, daß ich gestehe, daß dies keine richtige Huldingungsrede sondern vielmehr ein verspäteter Dank ist an dich, die du mit meinem eigenen Werk so behutsam und über die Jahre hinweg Zwiesprache gehalten hast. So sind wir jahrelang ohne einander oft zu sehen sehr innig verbunden gewesen.
Da ist eine Affinität zwischen deinem und meinem Schreiben, und die Lektüre, die Re-Lektüre deiner Werke hat manches in mir in Bewegung gebracht, und dafür habe ich dir auch zu danken.
In einem deiner schönsten Gedichte, »sie in meinem Haus«, bin *ich* der Fisch, und die Glocke, und du fragst dich, ob die Glocke, der Fisch, DIE GÄSTIN, kommen wird in dein Haus.
Mit der Glocke kann ich mich kaum identifizieren, mir fällt dazu nur ein, meine Mutter, die seit November Asche ist in einem Krug, sagte immer, wenn mittags die Glocken zu läuten begannen, SIE BELLEN SCHON WIEDER! – Ein Fisch ist stumm und das bin ich am liebsten.

....

ein Lappen : Lapsus : im Schlafmantel, aber die Ärmel sind immer nach innen gekrochen, Ur-Rucksack, Bartgeflecht, man muß aufpassen, sagt Elke Erb, daß man nicht ein Nützlichkeitsfanatiker wird, das ruiniert den Wissensdurst, wir sollten uns den Dingen gerechter zuwenden, sagt Elke Erb, es sieht über den Dächern aus als ob Winter würde, sagt Elke Erb, im dritten Jahr muß ich den Kompost auf die Beete streuen, so Rosmarin, man müsse alles bedecken, nämlich bedenken, sagt Elke Erb, irgendwie liegt ein Nordlicht auf allem, sage ich, das hat tatsächlich mit Rosmarin zu tun, in einem Laden brannte Weihrauch auf einem Kamin, sagt Elke Erb, es duftete köstlich als man die Tür öffnete, auch kostbar. Eine Elle nördlicher, Berlin liegt vielleicht eine Elle nördlicher als Wien.
Elliptischer Bart und Gelüste, ich streife sogleich Ansprüche des äußeren Lebens ab, sobald sie mir auferlegt werden, ich sage mir, damit hast du nichts zu schaffen, vergiß es! es sind ÄHRENPERSPEKTIVEN, sage ich zu Elke Erb, das mußt du mir zugestehen, meine Augen sind abgerichtet, ich meine für jene räuberische Lebens- und Lesepraxis, für jenes räuberische Lebens- und Lesevergnügen, aber manchmal am Morgen, kann ich die eigene Schrift nicht mehr entziffern, so als ob ich die eigenen hingekritzelten Zeilen nicht mehr entziffern könne, *es rennt vorbei der Teller (das Telefon) usw.* und erst allmählich tastet man sich wieder heran an die beschwingtere Schreiborientierung, nicht wahr, wie so linke und rechte Zöpfe. Ein HERUNTERSCHEREN, HERUNTERSCHEUERN, HERUNTERKRATZEN von Wänden, sagt Elke Erb, altem Gemäuer, eine neue Farbschicht wird aufgetragen, aber manchmal ertappe ich mich dabei, sage ich, ein Gefühl von Unbehaustheit in mir zu merken, dann traue ich mir nichts mehr zu also nicht das geringste.
Wo sonst die Schulterriemen des Rucksackes sind, sagt Elke Erb, sind hier graue Schläuche aus Stoff, UR-RUCKSACK, sagt Elke Erb, schwarze Samtbrust, da ist etwas hingespult, hingestülpt, hingesprudelt worden in mein Gehirn, sage ich, in meinem fünfzehnten Jahr, vermutlich, an einem Pfingsttag, vermutlich, sage ich, also Front-Orientierung, sagt Elke Erb, ich erbitte mir eine Erklärung. Sie sagt, dir gegenüber steht eine Wand und du redest gegen die Wand, im Waldesschatten / Moschee. Und verlierst

dich in einem Waldesschatten, kutschierst durch diesen Waldesschatten, zeitlos und meilenweit, *mit Bart und Kreuz und Flechten*, die Lappin im Ohr.

Gala des Messers auf einer Bettdecke

habe die ockerfarbenen Spritzer an der Wärme des Styropor Schilds auf meinen Knien wiedererkannt, so warm an den Kniescheiben, in den Kniekehlen, ockerfarbene Tupfen, 1 wenig zerronnen, zerrissen, diese Winter Spritz- oder Spitz Augen wie Amselvögel, wenn sie mit ihren spitzen Augen durch die blanken Dornen (Poren) der Sträucher hindurchblitzen, hinein und hinaus in die Nervenwelt, oder was die spitzen Augen angeht, sind nämlich die Poren der Sträucher etwas was ans ungeschützte Auge schnellt, biegt man ihre Äste im Vorübereilen zurück, die Nelkenstimmung im Schlund erzeugt, schließlich ist da das Rotkehlchen Blumen Kaff, das uns nicht zur Ruhe kommen läßt, *1 Geläpper* also von Wald und Tinte, oh es balzte die Träne.
Da habe ich diese Pappuntertasse umgedreht und einige Notizen darauf geschrieben, was zu tun sei, wer zu erinnern sei, im Sinne von IM KOPFE BEHALTEN.
Wenn ich Erinnerungen nachgehe, denke ich oft an Aufenthalte in Meran, und wie ich im Gehen unter den Topfpalmen (Paraplues) aufschlage die renommierte Wochenzeitung, daß mein Gesicht ganz verdeckt ist, um etwas ganz Bestimmtes zu finden, was mit dem Geschriebenhaben eines Buches zu tun hat, also geht es im Grunde immer um die *Beschreibung eines inneren Sonnenaufgangs*, nicht wahr. Ich schlage in meiner Phantasie immer wieder und abermals die renommierte Wochenzeitung auf, halte sie vor mein Gesicht, daß es gänzlich zugedeckt ist und suche vergeblich nach etwas das zusammenhängt mit dem Geschriebenhaben eines Buches, während über den Promenadenwegen oberhalb sich abwechseln grüne Hintergründe mit roten Gewandfetzen, seltsam genug, immer wieder dies : grüne Hintergründe zwischen roten und blauen Gewandflicken, während in der obersten Promenadenschlinge sich abwechseln ungestüme Wald Gegend mit Rosenkugeln und geschwungenem Bach, der sich weiter hinten ergießt, sturzbachartig ins hingeschleuste Brausen der Landschaft in der äußersten Höhe. Vorne die Zweierbank am Rand eines Bas-

sins, mit Fußmatte, triefend, in Kniekehlenhöhe, daß man anschmiegen möchte an heißen Mittagen Kniekehlen und Schenkel um Abkühlung zu bekommen. Vernarrt ins geteerte Erdreich, in die Kniekehlen Feuchtigkeit, in die lappigen Bäume, Bananenhäute der Äste, Akustik des Ächzens des sturmgepeitschten Gezweigs, des platinblonden Geländers um das Bassin, welches am Abend im Nebel ertrinkt. Auch Erinnerungen an *Knappenhof Düsternis*, und wie an der Vorderseite des Forstes das schielende Zifferblatt (beide Zeiger auf 12 eingerastet) schaukelt . .
fortwährend könnte ich mir vorstellen, an die feuchte Leinwand der Zweierbank meine Kniekehlen anzuschmiegen und dabei etwas wie 1 Frösteln über die ganze Haut meines Leibes zu spüren, auch die umstehenden Bäume anzuzapfen, wie mit Trichtern Harz entnommen wird aus der Rinde, die in den Dimensionen vollkommen entstellte Kirsche zu nesteln, die desolate Waschmuschel auf dem Japanpapier zu inspizieren, in dem schrecklichen Hurrikan des Aborts zu versinken.
War ich denn heute schon ausgegangen oder nur 1 Treppe höher gestiegen zum Dachboden Auslug, das frage ich mich, mit dem Trapez meines Kleides im Wandspiegel, es war alles unscharf. Auf dem Hocker die umgebogene Riesen Kirsche, Kirche, beinahe Kirschfrucht, der behaarte Stengel niedergebogen, -gebeugt, die blanke Sitzfläche des Hockers, *1 Lüster!*, der schweifende Stiel der Kirschfrucht, das Bacon'sche Waschbecken fäkalienfarben geschrubbt neben den Abgründen des Aborts welcher in die Tiefe schlingt und verschlingt, röchelt und reißt, alles was in die Nähe gerät, Reißwolf / schwarzes Geschwader. Was die Erinnerungen an meine Aufenthalte in Meran angeht, sehe ich mich auf einer oberen Promenade, auf 1 Geländer gestützt, auf die Köpfe der unter mir Gehenden blickend, welche, zwischen Birkenstämmen flanierend, mir etwas vermittelten, das ich nicht mehr zu benennen vermag, vielleicht weil es am meisten den Geruchs- und Geschmacksinn angesprochen hat, während die vehementen *Knappenhof Erinnerungen* von der Zweierbank wo ich mit Vater saß sich verflüssigten in 1 grünes und graues Gelände, in einem Ausmaß, das an üppiges Phantasieren . . *ich meine tappend* daß wir wie Schemen, einander an der Hand haltend, schweigend durchs dunstige dampfende Land uns bewegten, an den 3 Rosenkugeln

vorüber, wobei wir uneins waren in der Bestimmung der Elemente die uns umgaben : war es Luft, war es Wasser was wir durchkreuzten, färbte es ab, rann es in seiner Grünheit : in seiner Grauheit unsere Kleider hinunter, hob es sich ab und auf, daß wir es wiedererkennen konnten im Himmel, in grüner grauer und blauer Stimmung oder im teerfarbenen Gehölz der fernsten Koniferen, welche ohne Begrenzung hinübergeglitten waren in das abendliche Firmament – daß mir die Tränen kamen, daß auch sie sich an der Kolorierung : grün und grau und blau weideten, so ins Herz daß sie eben diese Farben annahmen, Tränen in grün und in grau und in blau, rauschenden Nußgärten vergleichbar, die im ersten Stürmen des Jahres rauschten und ihre Früchte platzten, in den SAVOY BERGEN, so wilderten Vater und ich, kenterten im Grün der wuchtigen Mischung von Luft und Wasser, und ich sagte zu Vater, dieses Schreiben ist 1 intermittierendes, so wehten wir durch die Wellen der Landschaft, die grünen Schleier wehten uns hoch empor, wir riefen wie aus einem Munde : die Welt steht Kopf so in der Früh! der Wald steht Kopf im Weiher im See im Rondeau des Wassers, *das war 1 grünes Schuften* ich weinte daß ich schuftete, oder schuftete daß ich weinte, ich meine was diese *Knappenhof Erinnerungen* angeht, war es 1 *Rüpelspiel*, ich meine es waren *Rüpel Fenster* die Hütte hatte 2 Rüpel Fenster es war 1 rüpelhaftes Ansinnen, sie schlugen in ihrer kaputten Fixierung die ganze Nacht an, daß ich nicht Ruhe finden konnte – weil ich beim Abspielen dieser Platte : »After all these years FRANCIS ALBERT SINATRA conjoins with EDWARD KENNEDY ELLINGTON« weinen mußte brachte mich Vater zur Räson mit den Worten : *hart / muß man der Schönheit begegnen!*, damit hatte ich wieder diese Kaninchenschlinge um den Hals, die als zärtliche Rüsche mir den Rücken hinabbaumelte, eigentlich Selbstmörder Schlips, nicht wahr, und weil ich 1 Plätschern zurückgehalten hatte (zwischen uns) nämlich den REDE FLUSS, begann ich, beim Knappenhof Fenster sitzend, wieder zu weinen und dachte immerzu an seine Worte von vor einigen Tagen : DU SITZT EINFACH DA, SCHAUST ZUM FENSTER HINAUS UND DAS GEDICHT SCHREIBT SICH VON ALLEINE . .
ich verschlang die grünen Plantagen und weinte, vor mir wuchteten tiefe und wilde Landschaften in grün und in grau und in blau,

und es ergötzten sich Auge und Ohr, *die Nato Jacke* hatte abbekommen von so viel Farbe ringsum, ich lief hinaus in die Nacht, wo Wasser und Luft sich mischten wo Wasser und Luft und Himmel in einen *Zeitwirbel* geraten waren.
Vater und ich auf der *Zweierbank* in der *Knappenhof Erinnerung*, hinter uns das brausende Licht Meer, bis an den Nacken, und weil die Kappe zu eng war, stülpte das Ohr Vaters Ohr stülpte 1 wenig über, in dem zackigen Himmel sah ich Gestalten, Menagerie einer Einschmeichelei : ist gleich : *Wassersüchtelei*, und wie an jenem letzten heißen Sommertag dieses Jahres die Tiger ausgestreckt im SPORTSAND ihrer Käfige schliefen während die aufgedrehten Wasserhähne (Hyänen) der Kinder schreiend durchs Laubengeviert jagten, japsten, jonglierten, habe alles gemalt, aufgemalt in mein Notizbuch gemalt, meine Schreibkoje vollgemalt, grün und lackfarben schwarz, grau und himmlisch, irgendwo höre ich 1 Sausen, von irgendwoher, in den Bottichen in den Rippen der Heizkörper vermutlich Atemgeräusch eines Verstorbenen, Vater vermutlich, Drainage einer Hirnverfassung.

Knappenhof / Zwettl – 2 Animiertheiten

zu Tageszeichnungen von Linde Waber

was ist es was hat es auf sich mit diesem *Knappenhof*, und ich spüre es im linken Arm im linken Auge im linken Ohr daß die nasse Ruhebank am Rande des Bassins im grünen Dampf eines Julimorgens nach links rückt, also mit rötlicher Rückenlehne sich streckt, was ist was hat es auf sich mit den Rosenkugeln am Rande des dampfenden Wiesengrunds, mit dem BOUQUET in der Armbeuge : in der Umarmung des weißlichen Karrenwegs (geschottert?) : zitronengelbe, pfauenschillernde Bällchen, zusammengebüschelt, diese buntgetupften SPRINGBÖCKE VON BLÜTENDOLDEN, und *Strauch Hysterie* im Hintergrund des Areals, welches seine Pracht, seine triefenden Frottees, seine buntfarbene Wassersucht, seine Wolkenschluchten, Körperbrüste grünlich : weißlich : zärtlich vor unser Auge ich meine emporhebt .. nur das rubinrote Geländer an der rechten unteren Ecke ist was Strenges, Sperriges, Sperrendes : bis hierher und nicht weiter!, scheinen die Masten, scheint die Reeling zu brüllen, PHÖBUS steht über dem Abtritt, 1 braune geballte Faust reckt sich aus der Muschel neben der Wasch Ruine, gemäht, gemalt dies flucht so herein in diese Knappenhof Idylle, nicht wahr. Was ist was hat es auf sich, mit diesem groben verboxten *Gesindel von Gegenständen* : wie ausgeschieden ausgekotzt entwürdigt, 1 UN = ORT, glaube ich, Francis-Bacon-Legende .. nämlich in seiner erbitterten Wucht und seinem dreckigen Furiosum, 1 verschwitzter Ort, 1 grausiger Ort, 1 vernichtender Ort, und in der oberen Hypotenuse krümmt sich 1 schwarze Figur eben, sich seiner Fäkalien entledigend usw., *und bullig von Abtritt*, 1 wenig Abortmuschel neben Waschmuschel (abermals Francis Bacon), beides im Freien, halbwinterlich, unwirtlich, zwischen Papierveilchen, zähem Gras, Bühel-, Hügel Konstruktionen –
was für ein Widerspruch : Ziergarten *eines Knappenhof* einer-

seits, wo die Landschaft gleicherweise in Flammen und übergossen von Fläche und Luft : OLEANDER BRAUT : ZARTNÄCHTIGKEIT, usw. : ruchloser Schlund eines Abtritts andererseits, der nirgendwo sich zu kanalisieren scheint, wie Fliegenkot auf blankem Schreibpapier, Vogel Portionen auf frischgewaschener auf dem Rasen ausgebreiteter Wäsche, die VORBEI PRÜGELEI, HUNDS GERUCH, 2 braune Zinken aus meinem Kamm .. *scheitern nochmals scheitern besser scheitern*, Samuel Beckett.

Solcherart ganze Leine / Zeile vollgeschrieben, am Rande der Hypotenuse mich krümmend ich meine im Anblick von Abtritt und Waschbassin, bin ich ganz durchschossen, schlurfe, schaffle und schaufle in Kümmelkörnern, über den mit Kümmelkörnern übersäten Fußboden, robbend sodann auf schwarzem morastigen Grund, feuchtem Erdreich .. habe Väterchen dann gewunken : hatte oftmals im Knappenhof geweilt, einfach so, einige Tage, einfach so, *abgereist in den Knappenhof*, hieß es dann, oder : Vater wieder im Knappenhof, usw., am Fuße des Bergs, das weiche feuchte Gelände betretend, DER PAPST WIRD MIT DEN PFOTEN : er notierte auch viel auf den Wegen, einmal in einem Brief, als er länger blieb, an Mutter : SITZ DRÜBEN IM MÄRCHEN! und : DIE FÖHNMAUER ÜBER DEM HAUPTHAUS!, und in der Telefonmuschel wenn wir mit ihm telefonierten : das Schmettern der Vögel, die Vogelstimmen : an der Strippe die Vogelstimmen, oder Vater im Jagd Café (Knappenhof), oder der Schmelz der Vogelstimmen oder *die schmelzenden Vögel* die im Sonnenlicht des Gebirgs : AN DER SONNE DES GEBIRGS SCHMELZENDEN VÖGEL, als seien sie leuchtende Eisvögel / Eises Vögel gewesen.

Und ohne Unterlaß von Wolken, safranfarbener Schatten hinter der Ruhebank, nun das Bassin auf der rechten Bildseite, lauter Weihnachtsbäume, Baum Krüppel im Umkreis, euphorische Darbietung : auf dem Geschirrtuch – auch als Frühstückslappen verwendet – zeichnet sich ab 1 Weihnachtsbaum, Umrisse eines Weihnachtsbaumes, blaugrüne Tinte : Tinte ausgegossen oder leckgewordener Filzstift, *lauter Heiligenköpfe im violetten Waschwasser*, hat mir geträumt. Etwas weniger das ist alles was man erfleht, usw.

Vincent von Gogh : »Maler auf dem Weg nach Tarascon« / Francis Bacon : »Studie zu Porträt van Gogh I«

(FRAU ZU BLINDEM MANN / Partitur :

»mit *Kurrent Blicken* habe ich nachts die Reproduktion eines frühen Bildes von Francis Bacon betrachtet, es bildet ab van Gogh zwischen leuchtenden Mikroben (Maiskolben), Weihrauch Säulen : gegen den Wind gebauscht. Mit Ranzen, gelber Strohhutbedeckung, Gesichtsmaske, *dann hab' ich diesen leichten Pavian gesehen*, den Schimpansen-, Mandrill Pavian Kopf mit angelegten Ohren, verzerrtem Blick : im Habitus eines Kaninchens, die gelblichen Schulterriemen seines Tornisters über den schwarzen Mantel geschlungen, den Malkasten unter den linken, die Weihwasser Flasche unter den rechten Arm geklemmt, Staffelei oder langes Schul Lineal, zusammengeklappt auf dem Rücken, die Farbkommata im unteren Teil des Bildes evozieren spitzen Kniescheiben Ballast, usw.
An seiner Linken ich glaube das Schattenelement AFFENBUFFO, mit Kraut im Munde : nämlich Schatten des Malers oder einer den Maler imitierenden Figur, querliegend über dem Maisfeld, in Dunkel gehüllt : vielleicht Hündchen mit Zottelperücke, Prothesenscheitel, Bandagen und Mull, während die Maiskolbenblätter rascheln in seinen, des Malers, Schritten.
Sehe die Heckenrose in Blüte, bin absorbiert blindlings von NICHTS. Ach himmlischer Exotismus : Windpatzen, -pocken im Geäst : im Gesicht des Malers, hochflockendes Weihrauch Gewölk, fuchsienrot, flammenspeiend, HEILIG WIE, nämlich das Zurückgipfeln der Berge, milchiges Hagebutt Wetter.
Wie das Schilfrohr raschelt, das Schilfgras nämlich das Schilf, und sehe die Fischlein in den Pfützen neben dem durch das Feld gebahnten Fußweg, usw., und sie haben TORTUR TORTUR TORTUR, und lauter so *kleine Theaterplateaus*, nämlich das

Hindurchstreichen, -streifen durch Schilf, darüber NADEL HIMMEL, 1 Nuance zu dunkel, nicht wahr, denn es ist ja 1 Sommertag, und wie uneben der Boden daß der Fuß des Malers strauchelt und wankt, und gleichsam an Telegraphendrähten sich weiterhangelt.
Der Maler mit seinen Requisiten, Malkasten, Tornister, Wanderstock, Dreisitz, während das Schilf schneidet, schneidet, die Hand, seine Hand, bis das Blut fließt, und das Blut aus der Hand fließt, das Schilf nämlich mit den scharfen messerscharfen Blatträndern, ebenso die blanken scharfgeschliffenen Gräser wetzen gegen den blanken scharfgeschliffenen Sturm, usw.
(so'n HIMMELSKRAM oder KRÄMER .. solch Blüten Ausgießung .. solch schwefelfarbene Luft ..)
seinen Rücken hinab lotend : Transparenz Staffelei, Tintenquarz, Schwämmchen und Kreide, unregelmäßiges Trichtergrammophon, Nadelinstrument ja, fällt vom Himmel, fängt ein Musik der Zikaden, nicht wahr, Fülle der Nacht, schenkt man der Farbe des Himmels Glauben, müßte es Nacht sein auf diesem Bild und die Musik müßte 1 Paraphrase zu de Fallas »Nächte in spanischen Gärten« sein, aus diesem Trüffelkasten, denk doch, Joseph, während des Gehens, während er ausschreitet, läßt er diese Musik erklingen, Musik der Zikaden womöglich, auch in seinem Kopf zu hören, Annäherung an jenes Phänomen, das man früher SPHÄRENKLANG benannt hat, übertriebenerweise, denn, um es dir zu gestehen, ich habe solch einen Sphärenklang noch nie vernommen – du etwa?
Übrigens, wenn ich es anblicke, wenn ich dieses Bild anblicke, habe ich gleichzeitig mehrere ähnliche Bilder vor Augen, vielleicht sind es erfundene Bilder, von mir erfundene Bilder, was weiß ich, ich will dir erzählen : Raoul brachte eins davon vor 1 paar Tagen in einer dicken Schutzhülle, JIFFY BOX, usw., darauf das Gesicht des Malers, aus der Schilfgras Wildnis tauchend, gelb / olivfarben leuchtend, *Bärtchen von Stille*, darin 3 rote Widerhaken : rote Blütenzacken vermutlich, und indem man das Bild betrachtete, hörte man deutlich, überdeutlich das Rauschen des Schilfs, während der Maler : Safranbruder!, Exzelsiormensch!, mit seinem wollenen Skript, schwankte durchs Feld, durch die Maiskolbenblatt Wildnis .. wie doch alles 1 einziges

Geheimnis auch die Käfer und Knochenbitter, und Wort Trampoline und Haarbüschel, eben die ganze AUGENFLUT, eben der ganze AUGENWALD, und das Geheimnis des wehenden Atems, aus seinem Munde, Atem : Ariel, und wie ich begierig es aufnehme, empfange –
was dieses rußige Bild angeht, Bacon'sche Megabild »Selbstbildnis 1973« oder »Selbstbildnis mit rußigem Schnee« oder »Selbstbildnis mit rußiger Schürze« oder »Selbstbildnis mit rußigem Eimer«, so gehen diese Ausführungen wohl auf konkrete Erfahrungen zurück, wahrscheinlich auf das SCHWÄRZEN DES GESICHTS beim Einmarsch der Soldateska, als wir, in den Kellerlöchern hockend, hörten, wie oben, über unseren Köpfen, das Haus in Brüche ging, das rußgeschwärzte Antlitz, die rußgeschwärzte Stirn am Aschermittwoch, als man uns Mädchen das Stirnhaar lüftete, was einer Totalentblößung gleichkam, nicht wahr, oder die anderen Bilder, ich sehe sie vor mir, van Gogh mit *Zander Schädel* mir gegenüber, von Wäscheklammern fixiert am fransenden Pappkarton : Zeiger, und Uhrzeit am linken Handgelenk, hohlwangig, hohläugig, »Äffchen Simulation« oder »Mumie mit Kopfbinde«, Pflaumen Gelenk des linken Kniebereichs untergeschlagen : Sitzbasis, nämlich als Sitzbasis vor Rasierspiegel, Mammutschädel balbierend. Übrigens, diese Sitzhaltung hat er dir abgeschaut!, Joseph, diese Bacon'sche Figur hat deine Sitzhaltung angenommen, diese Bacon'sche Figur hat sich deiner Sitzhaltung bemächtigt, oder könnte es sein, du hast die Bacon'sche Sitzhaltung nachvollzogen? 1 Nachvollziehen 1 Markierung von Ähnlichkeiten, nicht wahr – intimer Trüffelkasten, HEILIG WIE – *1 Moment der Lilie / zum Zerreißen der Seele.*
(.. fühle jetzt deinen Schläfenpuls, fühle Fußpuls, o solch Unruhstätten .. und wie aus dieser deiner WESTENTASCHEN ZONE die Bacon'sche Schilfgras Wildnis hervorzuwuchern scheint ..)
die Aufwärts-, die Abwärtsbilder, die GELB BILDER RACHEN BILDER GELB RACHEN BILDER, und durch die Lichtgespinste hindurch, mit Tuch und Lappen blutig an Fuß und Ohr, was weiß ich, Fuß und Schnee, Schurz und Hand, Schrei und Wehgesang, und wallend, wankend, mit gepanzertem Nacken, und wie er durchs Gefild und Strauchwerk, unter den rauschenden Wipfeln der Bäume, das echauffierte Monster!, mit gefloch-

tenem Tropenhelm, Schnürstiefel, pochendem Herz! – wie sein Herz schlägt!, schlägt mit der Faust, *fäustelt* gegen die Brustwand, 1 Zerreißungsprozeß, *1 Trenzen etwa.*
Was das Ufergras angeht, die Maisgrasbüschel, das Schilfrohr, so raschelt rauscht es messerscharf, so heftig der Wind beständig heftig, schneidet das feuchte Fleisch der blanken Gräser, Halme und Ruten.
Was den gelben geflochtenen Hut des Malers angeht, wie er die Krempe nach links unten geschwungen trägt, über dem rechten Ohr jedoch *aufgeflort* : aufgebogen nämlich über diesem an den Kopf eines Schimpansen (Pavian) geschmiegten rechten Ohr, seltsam genug, in bläulicher Farbe ich glaube das Haar als Schatten an dieser durch die aufgeschwungene Krempe offeneren Gesichtshälfte, und in die Nähe des Kinns geratend als Bartanflug, während die Augen umherirren, die Augen *tiermäßig* starr, usw., so kann ich erkennen, Nase und Mund zu einer Art Schnauze seien zusammengeknotet, zusammengeschnüffelt, nicht wahr, der schlaffe Hals trägt Bänder, Kettchen, darüber offenen Hemdkragen, Hemdfetzen, dann die schwarze Kutte übergeschlagen, deren Ärmel kaum sichtbar, Hände vermutlich auf dem Rücken gefaltet oder in den Taschen versenkt, stolpernder Schritt, eher mühsame Fortbewegung, neben dem Schilfabschnitt, auf der Straße nach Tarascon, usw., Öffnung blitzend lichtblau zwischen den Beinen wo das Dunkel des Mantels klafft .. *doch! doch! doch!* er trägt links 1 Mappe : halbfertiges Bild vermutlich also sei er auf dem Nachhauseweg. 1 wenig Blühen, gelbes Blühen an den Spitzen einzelner Gräser auszumachen, das Dunkel des Hohlwegs von länglichen immer wieder unterbrochenen weißen Bahnen gesäumt : *Telefunken Sprache / Nirwana von Sturm* – Regen, Wind und Gebirgsgeschwindigkeit, Gewitter womöglich, hinter ihm her, solch ZEBRA HIMMEL : weiße gewellte Streifen auf schwarzem Papier (Nachthimmel?), auf die Reise-Pantoffel, Wanderschuhe die Reißfäden der ersten Regentropfen, sickernd, strichweise, *1 Trenzen etwa.* Sittichfarbener Flaum zwischen den Beinen, hatte etwas DELIRIUM nämlich die *Einritzungen.*
Die Einritzungen in den Rapsfeldern, Safranfeldern, Hanffeldern, Blütendecolletés : spitze Blüten, Knospenspätlinge, zärtliche gelbe Spieße, süßes Gemergel ..

lange ist er gegangen *von Flammen*, lange ist er gegangen und gegangen, und gelaufen und gelaufen in den Wander- und Wasserstiefeln, in den Sandalen, geflochtenen Flügelschuhen, die *rosigen Hügel hinan* und in die Tiefe der Täler hinunter, hatte die Gipfel der Berge erklommen, aus Quellen getrunken, das Wasser zum Munde geführt mit der hohlen Hand, usw., und gelagert, in den Wiesen, in den Bergwiesen gelagert und in den Himmel geblickt, und das Auge bedeckt mit der Hand –

was das Ufergras Maisgras *die Majestät* angeht, so scheint es, lieber Joseph, der Maler verwische die Abstufungen ihrer Grün so lange mit 1 Lappen bis Anflutungen von Grau (in welchem als vage Erinnerung noch das einstige Grün schimmert) vorherrschen, welche die Bewegungen des Meeres, der Schlieren im Efeugerank, des Linienwirbels im Walddunkel nachbilden, *und indem sie uns mit einschließen ich meine verwildern.*«)

für Maria Lassnig

und ich zu Maria Lassnig sagend, habe immer dieses Bild vor mir, wie du als wunderbare Kröte mit baltischen Backenknochen unter dem Tisch *hockest*, ich meine dieses von dir gemalte mich durchzitternde Selbstbildnis, auf dem du nur aus diesem Gesicht und einem hockenden (kochenden) Körper bestehst, nein nur aus diesem kochenden hockenden Kröten Antlitz baltischen Zuschnitts, etc. Oder ein Elfendasein, dein Elfendasein, sylphidenschwimmend, flossenschlagend, ebenfalls deine Züge tragend, ein einziger Farbenrausch, monomanisch (Zwangsneigung), empfindsam zarteste Hautfärbung, libellenhaft, 1 wenig und wellenschlagend, als wären Schwimm- und Flugkünste dir identisch.

Leibesgedanken, zu 5 Zeichnungen von Tobias Raphael Pils

knatternd und auf dem Rücken liegend : minimaler Fuchs, seine winzigen Beine : 1 Häkelmuster auf der bekleckstens Matte, oder gehäkelte Maschen in die Höhe getrieben wie scheintot.
Waschtrog und Rumpel, die Zitzen des Tisches und das äugende Handtuch (Badezeug) von der triefenden Leine hängend in die Rotte der Tusche Fußspuren auf dem Steinboden, 1 schummriges Bild an der Wand darunter die niedrige Holzbank, das üppige Locken Nest auf dem Köpfchen .. gerötelte Brille, Puffärmel nämlich Amsel mit langem Verzehr im Schnabel, 1 sprießender Sessel, Zuckerhut dunkel tailliert, usw.

Tobias Raphael Pils »Bleistift, Tusche auf Papier, 180 × 110 cm, 1995« oder Raphael-Not

da steht sie nun vor den gestapelten Sesseln, und ich erkenne wie sie Fäden zieht, sirupartig, indem sie ihre dunkle Figur verdoppelt (Rückenansicht) und ihr schmaler Schädel 1 Bedeckung trägt, sehr schwarze Bedeckung mit zwei Chinesenzöpfchen wie Antennen, Dali Moustache, emporstrebend, die langen Arme oder Ärmel des Gewandes bis zum Boden hin streckend und schleifend, und ich in ihrem Anblick nicht wußte wo ich das alles *hinteufeln* sollte, nämlich die in 1 Licht Flut sich verbergenden Kamele und Alhambras, und ich erst gucken mußte nach den Bedeutungen des Wortes, eben im nachhinein, und vielleicht höre ich diese Figur auf dem Papier etwas sagen, das ich nicht verstehen kann, aber das Echo der Worte hallt mir lange von den Wänden meines Zimmers zurück, ich meine es war 1 HIRNGESTRÜPP, ich glaube der unverschlossene Filzstift hatte sich in der Unterdecke verfangen, VERPUFFT, so daß alles voller schwarzer Linien und Kuverts und spinnenartiger Ausleger : gestreift, gepunktet, verschmort, es wurde Farbe verspeit, Tusche und Kohle, es war übersät mein Bettuch und Decke mit dunkler Farbe, unschmuck von Ruß Batzen; Fußbinde.

vom glorreichen Körper / oder Hunde, Pinsel und JEANS GERÄUSCH nach Antoni Tàpies

1 Lieblings Steuerung : den Kopf von 2 Sofa Polstern gehalten, die Beine abgewinkelt und hochgehievt gegen die Wand, liegend auf altem Fellmantel, den kleinen flachen Gegenstand oder Bezirk des mittleren Leibes mit aufgeschlagenem Buch, Notizheft und Stift ent- und verworfen, so im Sonnengeflecht eines Minutenschlafs vor, nach, während Lektüren mit funkelnden (fuchsienroten) neuen Hirndrähten angereichert, Fetzen von Leibchen, Höschen seitlich auf geborstenem Fußboden, Augen geschlossen, wiedergeöffnet . .
bedeckte Türen, verhängte Fenster Kreuze, dahinter die Feigenwälder, Robinienhaine, *in den Achseln*. Nämlich, *und in den Achseln*, Unwirsch, Verwilderung, Verfinsterung, -wüstung, in Agonie oder was, würgende Angst bei Nacht, krakelierte Haut an Armen und Beinen, *knochenlose Manier*, wie gesagt wird.
Daß die seit Wochen sterbende Mutter UNTER DEM TISCHCHEN mit zahnlos eingesunkenem Mundoval nämlich mit ergrautem *aufgesperrtem* Tennisschuh mich anstarrt *und ich beweine Söckchen an irgendwelchen wundgescheuerten Füßen*, also einige weiße Veilchen werfen mußte über ihr Bett, usw.

Claude Simon gewidmet

»dein Wort ist meines Fußes Leuchte« oder: »Lied der Trennung«

männliche Stimme, weibliche Stimme, während des ganzen Stücks wird Mozarts »Lied der Trennung« (Peter Schreier / Andras Schiff) wie in großer Entfernung, sehr jenseitig, mehr zu ahnen als zu hören, in Endlosschleife (etwa als Stimmungs-Hintergrundlandschaft) abgespielt, um nach dem letzten gesprochenen Wort in normaler Lautstärke hervorzubrechen, seine wundervolle zärtliche Intensität offenbarend

m: im Zimmerwäldchen während das Himmelsgewölbe mit Regentropfen – mein Kopf an einem Eckstein liegend und die Todesschärpe mich erdrosseln will.. (anderer Stimmansatz): »im Efeu«: abgeleitet von »impfen lassen«, oder »im Pfau«, abgeleitet von »impfen lassen«: sie hat sich nicht impfen lassen, ich meine es war 1 Verlesung meiner engbeschriebenen Notizen, impfen! aber sie hat sich nicht impfen lassen, Logorrhöe, Dampfradio, Katharsis, Bronchienkatarrh, letzten Endes Pneumonia, usw. Ich bin außer rand und band, bitte was soll ich jetzt machen ohne sie, ich meine wie stehe ich da, sie hat mich imstich gelassen, nicht wahr, einfach so, und ich habe so oft gesagt sie solle sie solle doch sie solle doch endlich zum Arzt, aber nein:

w: es wird schon wieder werden es wird schon es wird schon wieder werden

m: usw., ich war machtlos, es hatte keinen Zweck, es hatte keinen Zweck ihr zuzureden, auf sie einzureden: die Impfung der Arzt die Bronchitis – eines Tages lag sie da, hingestreckt auf dem Boden (Stuck und Tornado), ich kam gerade aus der MASCHINE, was immer das heißen mag, usw., ja so ähnlich muß es gewesen sein, hingestreckt auf dem Boden, mit offenstehendem Mund, schmerzlichen Zügen, aufgeschlagenen Augen, alles zu spät – einfach gräßlich. Hört sich an wie 1 Groteske, ist aber 1 Trauerspiel, ich meine ich hätte dieses

Stück auch mit 1 Wort von Peter Weiss beginnen können, »alles was gesagt wird, wird ständig zurückgenommen so daß man zweifelt was nun wirklich gesagt worden ist. Alles was gesagt wird, existiert nur im Bereich des Möglichen, aber es könnte ebensogut anders sein, irgendwie hat es etwas mit einem zu tun aber es zerfällt, löst sich immer wieder auf und nimmt neue Bedeutung an, ebensogut könnte es weitergehen, und es ist keineswegs ausgeschlossen, daß .. « das heißt, auf diese meine besondere Lage angewandt, könnte ich daraus ableiten, daß ich ebensogut alles wieder zurückdrehen könnte, also daß Polly gar nicht, ich meine daß Polly gar nicht hingestreckt auf dem Boden, usw.

(impfen! : »im Efeu«, »im Pfau« : meine Verlesungen, ich meine es handelte sich um 1 Verlesung in meinen Notizen, nicht wahr, ich hatte mich in meinen Notizen verlesen) im schütteren Garten, denn es war Herbst geworden, das Gestänge der Äste 1 bemerkenswerte Architektur, usw.

Nun war es aber nicht ganz so, aber ich weiß nicht wie es anders hätte gewesen sein sollen, dieser Kernsatz wird 1 paar Mal wiederkehren .. nehmen wir also an, es sei so gewesen, sie sei krank geworden, *etwas Ernstes*, sagten die Ärzte aber sie ließ nicht zu, daß einer von ihnen an ihr *herumdoktore*, wie sie es nannte. Im Grunde in GRADO, ich meine im Grunde hatte alles in GRADO begonnen, in dieser URIN KAMMER eigentlich URIN EMINENZ in der wir gelandet waren, man roch das Zeug bis hinaus auf den Korridor, durch die verschlossenen Türen, nicht wahr. Im Grunde in GRADO in dieser URIN KAMMER, wo alles begonnen hatte wo wir hausten, Polly und ich, und ich die nassen Höschen an den Lamellen der Fensterverschläge (welche die Sonne abhalten sollten – aber es gab sowieso keine Sonne gottlob), also ich hängte Pollys Höschen 3 × am Tag und 2 × nachts auf und nahm die trockenen wieder ab, half ihr beim Aus- und Anziehen, in GRADO im Grunde, in dieser URIN KAMMER in der wir hausten eigentlich uns tummelten und welche unsere einzige Existenz darstellte weil der Gestank vorherrschte der permanente Gestank, an welchen wir uns allerdings sehr bald gewöhnt hatten und in dem wir uns letzten Endes irgendwie wohlzufühlen begannen, nicht wahr, 1 goldgelber Schwall und Lache im Baderaum, eigentlich UTERUS in dem wir umhertümpelten usw., und in der Nacht phantasierte sie viel und ich habe alles mitgeschrieben . .

w : und es riecht jetzt nach Sakrament indes ich die Straße betrete . . nach Sakrament, ich, indes die Straße betrete, riecht es nach Sakrament . . ich wache auf wenn es noch Nacht ist nachzusinnen über dein Wort . . und Freunde : Freunde : hat man ja keine mehr . .

m : und ich erwiderte, aber denk doch die vielen Bewunderer –

w : die Bewunderer : die Bewunderer das sind die ärgsten, da würde doch keiner von ihnen uns helfen, die Bewunderer das ist doch das schlimmste, nicht wahr, und all dies . .

m : und als sie vormittags 1 zweites Mal aufwachte und ich ihr berichtete was sie gesagt hatte lachte sie nur und sagte

w : DRASTISCHES STÜCK!

m : ich weiß nicht warum sie mir so entgegenkommt, entgegenglitt, jetzt nach so vielen Wochen, mit ihrem Sonnenblumenkleid zwischen den Stämmen und Strömen, 1 inständige dünne Person, wo sie doch nie Wert gelegt hatte auf irgend Gewand usw., ich weiß nicht warum sie mir so entgegenschwebt, mit den Sonnenblumen zwischen den Stämmen und Strömen . .

w : wie ist das Wetter heute, was für 1 Wetter haben wir denn heute . .

m : ach es hat aufgehört zu regnen aber eiskalt *(in dieser Weise wird gesprochen, was möglicherweise als 1 Art Regieanweisung verstanden werden kann)*

w : die Panzer- die Parzen Gegend, welcher Tag ist denn heute, reiß das gestrige Kalenderblatt ab, wo ist meine Boxerhose, Krug abwaschen und abtrocknen! Bier herein! Hammerzehe links, zu behandeln mit Johanniskrautöl, neues Leintuch, WEG zum WC muß frei sein!

m : soll ich dir die Leibschüssel bringen : Bettpfanne . .

w : nein, bedrohlich nur die Lage die Länge! was hat das Goyahündchen im Maul, ich danke dir Gott sei mir gnädig, so wird es sein, so wird es kommen, die Stacheln der Seidenbäume, hab' ich geträumt, Litze des Laubs oder Haube.

Komm her! setz dich her! hierher! steh auf! das Leibchen! die Tabletten! hierher die Briefe! .. habe ich 1 Menschen weinen gemacht? je weinen gemacht 1 Menschen? sind ohnehin alles PAMPHLET MENSCHEN, allesamt, usw., ist blutabführend, Medikament blutabführend? sprich doch! oh Schlamm und Verderben : Mörder Schlamm, mußt bedenken : man geht niemand ab, und so ist es immer und überall, besonders später, wenn man nicht mehr da ist : das ist die Wahrheit ..
plötzlich kommt Leo Slezak auf mich zu mit Pelerine und Seidenlocke, Kutschermantel und Peitsche, schnalzender Peitsche, singt keinen Ton –

m : ach Polly, das ist doch *meine* Domäne, schon immer gewesen, nicht wahr, diese Hinfälligkeit von Sprache, daß also so 1 Wort nach dem anderen hinfällt und hinschlägt, zuschlägt und einschlägt, zufällt einfällt und umfällt – und jetzt du, und jetzt du mit diesem Wirrwarr von Liebe : WORT LIEBE .. wohin wir schlummern. Demnächst werden wir auf dem Weg zum Friedhof ziemlich weißhaarig werden, hat mir Georg Kierdorf Traut geschrieben, er pflegt die Walnußbäume *im Gurren* ich meine : Garten.
Polly hatte Hängebrüste bekommen, war abgemagert, nur die Adern an Unterarmen und Handgelenk quollen dicklich hervor .. ach diese Melange von Ärzten die wir uns leisten – und sie wissen nicht weiter! was hast du mir heute nacht alles anvertraut, du hast gesagt *»der Bade Redakteur hat vorgesprochen, wollte 1 Interview von uns beiden, habe ihn weggejagt, usw.«*

w : dieses Goyahündchen ich glaube CHIHUAHUA, Zwerghündchen, mexikanisch, kleinster Hund mit übergroßen aufrichtbaren Fledermausohren, großen Augen .. meine Seele liegt im Staube, ich komme in der Frühe und rufe um Hilfe –
alles was gesagt wird, wird auch gleich wieder zurückgenommen, so daß man immerzu zweifelt was nun wirklich gesagt worden ist, alles was gesagt wird, existiert nur im Bereich des Möglichen, aber es könnte ebensogut anders sein. Nun war es aber nicht ganz so, aber ich weiß nicht wie es hätte anders sein können ..

m : (anderer Stimmansatz) : wir saßen im Oberstock eines Cafés, in welchem früher 1 Bankanstalt untergebracht war, und Polly bestellte *intensives Geschäft oder Geflügel* was immer das heißen mag, sie bestellte die Gerichte mit Donnerstimme, so war es, das vermochte sie zuweilen, so donnernd und ungeheuer, bis die beiden Serviermädchen sich ablösen mußten, also ich meine, nicht von 1 Hintergrund etwa, nicht von der Tapetenwand des Cafés, oder was, aber statt ANGELA (ihr Name war auf ihrer Servierschürze eingestickt), also statt ANGELA, die uns zuerst bedient hatte, kam ANNA (auch ihr Name war auf der Schürze eingestickt), und es machte mir den Eindruck, daß das 1. Serviermädchen VERBRAUCHT war, VERZEHRT, KONSUMIERT, daß sie irgendwie AUSGEDIENT hatte, weil man sie so hin- und hergehetzt hatte mit all den Bestellungen, die wir im Laufe des Nachmittags und Abends ihr AUFGEHALST hatten, nicht wahr .. nebenbei bemerkt waren sie beide von ansprechendem Äußeren, trugen blonde Zöpfe mit roten Maschen und sahen sich ähnlich wie Zwillingsschwestern, nur daß ANGELA älter zu sein schien als ANNA, aber vielleicht hatte sie nur während unserer Anwesenheit im Lokal so gelitten, so daß sie binnen weniger Stunden um Jahre gealtert war, denn Polly hatte das Lokal tatsächlich zum Bersten gebracht mit ihren beinahe pausenlosen Bestellungen : »1 Huhn«, »1 Karpfen«, »1 Melange«, »1 Glas Leitungswasser«, »1 Gabelbissen«, »Holunder«, »Appetitbrot«, »Likör« usw., während die verklärten Magnolienbäume im Park auf dem Heimweg, ich meine die Wiesenzwickel eingingen in unser Bewußtsein, oder wohin unser Blick schweifte im Dämmerlicht, also wir schön promenierten, etc.

w : in Zornes Jahr so eingekesselt, dieser Lebensmagnet, bitter hab' ich geschlafen, 1 androgyne Zeit ist das jetzt, nicht wahr, alles eingeebnet, männlich / weiblich, was ich begrüße .. in der *Serienanstalt*, weiß aber nicht was es bedeutet, 1 SEELEN MADRID, das Sterbebüchlein, das du zu schreiben begonnen hast, nachdem ich gestorben bin, usw. Ich glaube Donner im Schatten der Jalousie : pickendes Huhn oder zusammengerolltes Rosenblatt im Novemer, rote Geranien haben uns *eingewittert*, nicht wahr

m : ach diese subalternen : unterwürfigen Dinge im Treppenhaus, wie private Erinnerungsstücke aus 1 Nachlaß, nicht wahr, 1 blonde Locke, 1 Gesellschaftsspiel, 1 ausländische Münze, 1 Paletot, 1 Wollhaube, 1 Heiligenbildchen mit gezähntem Spitzenrand, und es hatte etwas von Exhibitionismus an sich, es hatte etwas von Schamlosigkeit an sich, es hatte etwas von Zerrüttung, Irrwitz, strafbarer Handlung, es stimmte mich nachdenklich, ängstlich, ich glaube ich empfand es als 1 Akt von Obszönität, also es war mir widerlich, ärgerlich, lästig . .

weinend steige ich von den Hügeln in die Ebene nieder, ach Polly, sage ich zu Polly, in den letzten Tagen untröstlich, kann nur noch BUCHSTABEN SAND produzieren, zu mehr langen die Kräfte nicht, die ganze Sprache zerrieben zerrissen hinweggefegt, aber ich kann deine Stimme hören in meinem Kopf, bei Tag und bei Nacht, ich höre besonders gern wenn du deine Rede 1 wenig beschleunigst und neu ansetzst, weil etwas Aufregendes vorkommt, was heißen mag, daß dein Sinn plötzlich auf etwas Brauchbares, etwas, dem nachzujagen lohnt, gestoßen ist, usw.

Der junge Baum : mille fleurs im Geäst, 1 in italienischer Sprache geführtes Gespräch : 1 junges Paar in der Straßenbahn, und plötzlich sagte der Mann : *gefühlsmäßig*, das fegte mich hin wie himmlisch, oder das hüllte mich ein wie 1 Trostwort, auf dem Heimweg dann, im dämmrigen Park, 2 bejahrte Männer in klagendem Ton einer slawischen Sprache, *Erfindung der Nacht.* Habe geträumt : »außerhalb des Wald Esels 1 wehender Baum«, das Farnkraut im Fenster

(Pause)

m : und als sie nicht mehr mitkonnte und ich allein reisen mußte, hatte sie, kaum war ich zurückgekehrt, pausenlos Fragen gestellt

w : wie war es? hast du Erfolg gehabt? was hat dieser gesagt was hat jener gesagt? was hast du alles gesehen gesprochen gehört?

m : und sagte zu ihr : bist 1 Flattergeist bist 1 Muschel in der ich das Meer rauschen höre, ach verlaß mich nicht ganz, ich sagte zu ihr verlaß mich nicht ganz, statt : vergiß mich nicht ganz, ich sagte verlaß mich nicht ganz, worauf sie entgegnete

w : wie könnte ich denn

m : was 1 merkwürdige Formulierung war, wenn man bedenkt wie die Dinge standen, nicht wahr. Früher sehr viel früher, sagte ich zu ihr, der Hund der Passant was weiß ich, *was alles vorüber* .. sei meine Nadel, sagte ich, ich dachte vielleicht an Kompaß, was weiß ich, sei meine Nadel, aber sie lag da, reglos, ohne zu antworten, 1 Himbeertropfen an ihrem Finger, gläserne Luft .. und es war diese Art von Naturereignis daß ich das Rauschen des Meeres bei Nacht hörte, im Grunde in GRADO, erkannte es nicht als Rauschen des Meeres in dieser allerersten Nacht in GRADO, hörte den Schwall der gegen den Strand flutete, sich bäumte, und wieder zurücksank, ich dachte daß 1 großer Sturm sich erhoben hatte, denn es rüttelte auch an den Fensterläden, an deren Lüftungsklappen die nasse Wäsche hing, usw., erst am Morgen, als ich ans Fenster trat sah ich, der Wellengang war heftig, es war gerade Vollmond und ich mußte an die Zeile des Dichters denken, WIND VOM MEER, MEERWIND BEI NACHT ..
einmal flüsterte sie in der Nacht

w : *die Personnage des Meeres*, was hast du mir heute nacht alles anvertraut, bin in deinen Armen eingeschlafen, völlig erschöpft habe dich etwas sagen gehört, ich glaube IN DER FLIEDER BIBLIOTHEK, aber es ist wie fortgeweht, hatte gedacht : wichtige Botschaften einer FUNK AKADEMIE, oder was .. *Brüllung* von Wünschen und Vorstellungen und halbes Büschel Abendrot am Horizont, hinter deinen Augen 1 Geheimnis, das ich nicht lüften kann ..

m : das bezog sich vielleicht auf mein Geständnis, die Nachrichten für Polly liegen auf dem Fußboden vor dem Telefon, darauf steht diese delikate und harte Beichte, das Zettelchen : Beichtzettelchen auf dem Fußboden, habe da solch Schuldbekenntnisse abzulegen, im nachhinein : du weißt die

Kleine vom Waschsalon Schneidersalon Friseurladen usw., dieses Stottern wenn ich sprechen wollte zu ihr, damals, und im Grunde sie mich auslachte und sich lustig machte über mich und rief : »ach das paßt ja gar nicht zusammen! so alt und so jung .. « und dann stelle ich mir vor, was geschehen würde, wenn ich sie zB wiedertreffen würde, wenn ich sie wiedertreffen würde, wenn ich sie wiedertreffen würde, zufällig, auf der Straße, nicht wahr, und sie zu mir sagte : »ach ich erinnere mich ich denke immer wieder daran, wie es war ALS ER SEINEN ERWACHSENEN MANN IN MEINE ERWACHSENE FRAU STECKTE«, als würde sie es jemand Drittem, 1 Freundin zB erzählen, »UND WIR DANN LOSRITTEN UND FAST UMKAMEN VOR LUST«, usw.
ach dein *Gehirn Mozart*, sage ich zu Polly, in Aufwallung bin in Aufwallung vielleicht Insekt während ich dies sage geht langsam am geschlossenen Fenster vorüber .. erinnerst du dich an dies, erinnerst du dich an jenes, aber Polly erinnerte sich an fast nichts mehr, ich sprach weiter zu ihr, während ich ihren Grabstein mit frischen weißen Tüchern verhängte, ich meine daß er aussah wie 1 Altar frisch geschmückter Altar, und ich fragte mich (wie kam ich darauf?), ob sie noch diese ZAHNSPANGE trug, usw.
Und ich sagte zu ihr : alles was gesagt wird, wird ständig zurückgenommen so daß man immerzu zweifelt, was nun wirklich gesagt worden ist, alles was gesagt wird, existiert nur im Bereich des Möglichen aber es könnte ebensogut anders sein .. nun war es aber nicht ganz so aber ich weiß nicht wie es hätte anders sein können
zum Schluß das Goyahündchen, wie komme ich denn auf das Goyahündchen, es war 1 Spaziergang, einige Wochen nach deinem Abschied, sage ich zu Polly, es war 1 Spaziergang im Dämmerschein des November, sage ich, ehe der Abend zu sinken begann, und plötzlich mußte ich denken an Goyas »Hund begraben im Sand« und daß wir das Blatt oft gemeinsam betrachtet hatten, und gerätselt hatten darüber, dieser winzige Mond inmitten des wüsten Sturzbaches von Sand und Staub und Geröll : vielleicht Ausbruch eines Vul-

kans, nur noch der Kopf des Hundes in seiner Fellschwärze, die ängstlich nach oben gerissenen Augen, aufgeschlagenen Ohren, und so oft wir es anblickten, ging uns das Bild nahe, dieses Vernichtungsbild ging uns nahe, machte uns *1 Betäubung*, oder ade.
WIR SIND ALLE HIER WILD ANGESTECKT, NICHT WAHR.

Mozart : »Lied der Trennung« : normale Lautstärke

dieses Jahrhundert

im 24. Winter dieses Jahrhunderts hat es mich plötzlich gegeben: (1 Sturz in die Zeit), dann als WANDERPOET durch die Jahre Jahrzehnte; *fast 1 Rekord* ist zu lesen in seinem Auge, wenn ich es anblicke wenn ich zurückblicke auf dieses Jahrhundert

ich erinnere mich

Dorli Brill, Susi Thorsch, Margit Schuster, Ruth Uhan, Madeleine Trautmannsdorff, Erich Zinsler, Erich Poupée .. die anderen Namen vergaß ich – nicht mehr als 1 Dutzend Knaben und Mädchen, private Volksschule : Institut Liszte (»Die englischen Fräulein«). Würde man sich diese Schulmädchen und -knaben als Bild vorstellen, sähe man über den Köpfen einiger Kinder 1 Kreuzchen oder 1 Sternchen. Einmal wurde 1 Gruppenfoto gemacht, wir stehen in 1 Kreis, halten uns an den Händen, und 2 der Mädchen ziehen die Schultern hoch, als würden sie fragen, wie es weitergehen werde : die beiden Mädchen Susi Thorsch und Dorli Brill, über deren Köpfen wir uns 1 Kreuzchen oder Sternchen denken können, sind rechtzeitig weggegangen, ich glaube Amerika. Susi Thorsch, ich gehe beinahe täglich an dem Haus vorüber, in dem sie einst gewohnt hat, war 1 stilles blondes Mädchen, begabt, Eltern Akademiker. Dorli Brill in großer Entfernung : klein, zierlich, beinahe kränklich aussehend, auch sie hatte das Land rechtzeitig verlassen können. Was mag mit ihnen geschehen sein, wo mögen sie leben, wie?

Brecht Postille

diese Träne von der du fürchtetest ich meine dieser Regentropfen daß er deine Liebste erschlagen könnte ich denke ihn tage- nächtelang (es kann auch 1 Liebster sein), obwohl, sie oder er waren immer so auf der Hut : vorsehend klug, daß selbst 1 Träne ich meine der Regentropfen ihnen nichts anhaben konnte. Du nämlich kannst ihn oder sie ohnehin nicht bergen vor irgend Unheil, durch deine Liebe, etc.

in einem guten Text darf eigentlich nichts passieren, für Franz Mon

ach schreibe ich an einen Freund, ich brauche von Ihnen jene Ansichtskarte zurück aus dem Mai des Vorjahres, auf der ich Ihnen ein paar Zeilen notierte über die ganz und gar mich aus dem Gleichgewicht geratenlassende (oder in ein mir bis dahin unbekanntes Gleichgewichtsgefühl führende) Begegnung mit Franz Mon, die so heiter wie ernsthaft anmutete. Wir schaufelten mit sandgefüllten Schuhen durch Birken- und Buchenwald, aufwärts, unterhielten uns über dieses und jenes, es war eben ein lichter Wald es war später Nachmittag früher Abend, und ich hatte eine Luftblase aus Emotionen, Betrachtungen, Bestrebungen umgeschnallt, die ich behutsam abließ während des flotten Wanderns (das mich übrigens beträchtlich außer Atem brachte), einen Hautsack ein Schutzschild, nicht als Rucksack also auf meinen Rücken geschnallt sondern als Brustbeutel, riesig, Ballon, so ließ ich immer wieder ein wenig Luft ab, das waren meine Gespräche, und kroch unter die lichtgrünen Blätter, er, Franz Mon mein Bruder. So war es, dies meine ungenauen Erinnerungen, darum wäre es schön, könnten Sie mir die Notiz auf der Karte leihen, die ich Ihnen damals gesandt, als die Tagung zuende ging, Haus Neuland Bielefeld – bewahren Sie diese Karten von mir?

die famose Flammen Figur der Einsiedlerin Helmtrud, nach Irina Cerha

das Gesicht sieht man ja gar nicht!, von Spiral Locken umrahmt, nur zu ahnen, ihrer Füße Wassersüchtigkeit, nur zu ahnen, ihrer Taille und Seele Schnee Versunkenheit, nur zu ahnen – aber gut sichtbar ihr ungeheures ovales Organ, leuchtend rot, fleischig, halb Leber halb Herz halbVulva, von einem schwärzlichen Rosen Mantel umflossen, ich meine sie trägt einen Dornen Rosen Kaftan übergeschlagen und hat ihn vorne offen, er klafft vorne auseinander, daß man ihrer furiosen Blößen ansichtig wird, usw., in einer Kraßheit nämlich, die jegliche Vorstellung von Obszönität hinter sich läßt, man denkt vielleicht an Schriften von Georges Bataille, der Rosen Mantel rahmt ein dieses flammende Geschlecht (weiblich / männlich) – gelockte, gewirkte, gehäkelte Glaswolle, Dornenhaar, 1 Gabelgärtchen, Galagärtchen, mit der üppigen Rose inmitten, oder mit anderen Worten DAS FLIEDERN DER SPRACHE, oder mit anderen Worten DAS BUCHSTABEN DELIRIUM . .
es öffnet sich schon der Muttermund, 1 Weh Übung, Wahn Übung, sie liegt vermutlich schon in den Wehen, das ist nämlich alles das kommt nämlich alles einer heiligen Handlung gleich, wie das Weinen der heiligen Siebenschläfer oder das Weinen des heiligen Ignatius von Loyola, welcher eine außerordentliche Begabung zu weinen besaß, besonders während des Gebets, was meist verbunden war mit »großer Süßigkeit«, wie er sagt. Und während des Messelesens so stark weinte, daß man fürchtete, er werde das Augenlicht verlieren, »mit dem heiligen Geist unterhielt ich mich, weinte dabei und sah und fühlte ihn als Helligkeit und Flamme«.
Ich glaube es war 1 langgezogene MANTEL EITELKEIT, als Kind, weil ich als Kind immer so lange Mäntel tragen mußte, *um hineinzuwachsen*, bis aus meinem Mantelfutter die Flammen schlugen, etc., ich schaue in den Spiegel und sage mir *du liebes MUSILKIND*, weiß aber nicht die Bedeutung, so weit ist es ge-

kommen mit mir, und ich mich schämte, und ich errötete wenn alle mich anstarrten, oder sie mich alle auslachten, was da herauskam aus mir, ich meine wenn ich nur den Mund aufmachte, was für 1 Sprache da herauskam aus mir, und was für 1 Sprache hatte ich denn? : gar keine. Nämlich eigentlich hatte ich nur 1 Stotter Sprache, es war so 1 VERLUSTIGUNG ich meine BELUSTIGUNG für die anderen, sie machten sich alle lustig über mich, selbst der kleine Löffel starrte mich an und *trenzte* Blut und Honig vor Verachtung –

ich irre dann umher in meinem fetzigen Kindermantel, alles erscheint mir unbegreiflich und unfaßbar, *ich glaube ich saus' mir alles dann infrarot*, und es sieht wie Öl aus!, das sieht ja wie Öl aus, sieht wie 1 Ölbild aus!, ich meine ich besitze 1 Fotografie, auf welcher ich mit blutigen langgezogenen Beinen, also auf 1 Bank in 1 Frühlingswildnis, zwischen PAPA und MAMA, Hintergrund : Tannenbaum Pyramiden (NATUR GEHEGE), und hatte an meinen dürren blutigen Beinen 1 Sandalen Schuhwerk, Sandalen Uhrwerk oder ähnliches. Das Gesicht sieht man ja gar nicht!, ich glaube verkehrt herum aufgesetzt, 12 Schwertlilien auf dem kahlen Schädel, und Heiligkeitsschürze, heruntergerutscht auf die Schenkel.

Eines Möwenschwarmes Zug über den schwarzen Feldern, sagt Helmtrud, die Tage, Wochen, Monate sind nichts wert, sie verfliegen nein sie verfallen wie etwas das man versäumt hat, während sie den Rücken *schultert*, als trüge sie 1 Rucksack und wollte sich davonmachen.

Puchberg, Geleitwort, Elegie

nach Puchberg gegangen meiner Mutter zuliebe, die dort die Sommer verbrachte. Von Jahr zu Jahr. Der Balkon auf der Sonnenseite beklemmend heiß, auf der Schattenseite immer zu kalt, eben wie die gestrenge Luft herabwehte von der bewaldeten Anhöhe. Von Jahr zu Jahr. An jedem Samstagmorgen wenn ich ankam, den Steig zwischen Bach (Weide) und Waldsaum Gestrüpp hochkeuchend, stand sie schon da, Ausschau haltend, endlich mich erblickend, da ich auftauchte zwischen den *grün bemalten Enklaven*, und dann weinte sie, unter Tränen rufend, ach der schwere Rucksack!, ach so früh am Morgen!, ach die lange Reise!, das Frühstück schon vorbereitet!

Jahre früher waren es beide gewesen : Vater / Mutter, welche Ausschau hielten vom Balkon des Hauses, ob ich kommen würde, was ich tat, ihnen zuliebe, an jedem Samstagmorgen, obwohl ich es nicht mochte : nicht den Ort, nicht die unterkühlte oder überhitzte Luft, nicht die Eintönigkeit der Gespräche. REIZKLIMA !, sagte die Ärztin, nichts für Ihr Herz!, usw.

Auch 1 paar Wochen jeden Sommer, Spaziergänge meist allein, oder mit Ernst Jandl, oder mit Mutter : immer sparsamer die Route mit Mutter, bis zum Sessellift, zuletzt nur vor dem Haus, 1 paar Schritte hin und zurück, dann hinauf in die Stube.

Die Hauptstraße an Samstag-, Sonntagvormittagen : zur Apotheke, zum Schwimmbad, wo ich einmal an einem glühenden Sommertag DIESE ERSCHEINUNG hatte : ältliche Frau, in Fellmantel gehüllt und mit Winterstiefeln, kommt auf mich zu, spricht zu mir, ohne daß ich verstehen kann was sie sagt.

Uhrmacher, Schuhgeschäft, Volksbank, Postamt und Kirche, Zahnradbahn, Zuckerbäcker, Himberg, Nadelwald, Laubwald, Puchberger Hof, Parkgelände, Teichgrotte, Schwäne.

Aber früher früher mit Mutter in den PRATER gewandert, bei Hitze sogar, *die geprügelte Landschaft*, ich meine das war sehr liebevoll, eine ZELEBRITÄT, usw., von Jahr zu Jahr. Und mit rotkariertem Schirm, Mutter mit rotem Schirm, den sie statt

eines Stockes trug, 1 Schirm mit Gummistoppel – da schritt sie immer noch kräftig aus, *so verprügelte sie die Landschaft* aber es war sehr innig wir wilderten auf und ab, den Steig auf den Himberg sogar, Wurzelstock, Reisig, Zyklamen.
Sie sagt, die Elisabeth hat mich begleitet tief in den Hirschengarten, bis zu den beiden Bildstöcken, wo sie stehen geblieben ist und die Hände gefaltet hat und 1 Gebet gesprochen hat, dann haben wir für 1 Kränzchen Blumen gepflückt, aber bald kam 1 Gewitter und wir mußten zurück. Sie sagt, einmal kam 1 junges mächtiges Pferd den Waldweg heruntergelaufen, direkt auf mich zu, da hatte ich große Angst, aber als ich um Hilfe flehte als ich mir Hilfe erflehte VON PAPA, ließ es ab von mir, blickte mich ruhig an.
Ich mochte es damals nicht sehr : den Ort, die Witterung, die Zwänge. Vielleicht mochte ich es, wie es an manchen Stellen wuchs, was für Farben mir aufgingen. Jetzt aber, so viele Jahre danach, jetzt sehne ich mich öfter danach, ich meine ich sehne mich danach, DORT GEWESEN ZU SEIN, und ich bedaure es, daß ich erst jetzt, so viele Jahre später, erkennen kann, WAS ES GEZAUBERT HATTE IN MICH.

an Hans Weigel denkend

2,3 Jahre nach dem Krieg besucht Hans Weigel eine meiner ersten Lesungen im Wiener Konzerthaus Kellertheater. Nach der Veranstaltung sagt er zu mir : »ich hatte gar nicht vorgehabt zu kommen, aber irgendetwas trieb mich hierher, und ich bereue es nicht, die Sachen, die Sie schreiben, interessieren mich.«
Daraufhin treffen wir einander öfter, werden Freunde. Er spornt mich zum Prosaschreiben an, aber seine Erwartungen, ich würde einen Roman schreiben, werden enttäuscht. Ich beginne mit einem Roman, gebe bald wieder auf. Einmal bringt er mir 1 Foto von sich mit, auf die Rückseite schreibt er : »du mußt schreiben!«, ich habe mich daran gehalten. Seltsamerweise erinnere ich genau, daß ich ihm einmal einen Apfel schenkte, damals eine Kostbarkeit. Die jungen Autoren, die er um sich geschart hatte in diesen ersten Jahren nach dem Krieg, trifft er regelmäßig im Café Raimund, ich glaube ich war selten dabei – mein Brotberuf nimmt mich allzu sehr in Anspruch, die verbleibende Zeit verbringe ich mit Gedichteschreiben und dem Schreiben von kurzen Prosatexten. Einige dieser frühen Texte, vermutlich alle verschollen, veröffentlicht Hans Weigel in einer der damaligen Tageszeitungen; einer hieß »bis der Tau fällt« und mochte damals schon als »magische Prosa« bezeichnet worden sein. Ich war stolz, in einer Tageszeitung publizieren zu können. Später gab er das Jahrbuch »Stimmen der Gegenwart« sowie eine Buchreihe bei Jungbrunnen heraus.
Darin fanden sich viele Namen, die heute vergessen, und wenige, die berühmt geworden sind.

Giotto, Der Traum Joachims

gepirscht : auf Engelpirsch, Joachim auf Engelpirsch. Joachim schläft auf seinem rechten angezogenen Bein, auf seinem rechten verhüllten Knie, auf seinem rechten Arm auf seinem rechten Knie. Der linke Arm das linke Knie : zwei verstümmelte Verse in oszillierendem Touch, oben die Gloriole, das wellige Haupthaar gescheitelt, punktiertes Blutgerinsel über die linke Wange : Gebetsschnur des Engels von oben.
Muß kaufen muß Joachim kaufen muß Waldesschatten kaufen : ich muß im Himmel noch einen Raum haben Roman haben, hier wird alles zu eng, usw.
Die Waldpersonen die Zimmerpersonen, der Rumpf des herniedergleitenden Engels verläuft in einem Zwillingsgewölk : heilige Pantalons, usw., gesprungene gläserne Glocke des Nachthimmels in welchem blitzender Wurmfraß : Sternengefunkel.
Was hat Joachim gesehen in seinem Traum? die Distel so süßer als Ziegenfraß, den Engel mit dem Olivenzweig in der Linken : Posaunen-Partisanengeflecht, herniederschwebend aus Posaunen-, Partisanengeviert im kalkulierten Sturzflug, Fingerzeig mit der Rechten, auf Joachim zu. Ach dieser *Handverzehr* ach diese Lokomotiv Emotion ach diese englische Hand ach dieser Staubsafran diese Brotwolke Eisenhut! diese Populationen von weißflügeligen weißfilzigen Bergdisteln nickend mit dornigen Wimpern, während Hündchen WIDDER und Schaf die Mondscheinkulisse beweiden beweinen mit frommen Blicken beschlafen : diese bleichen Theaterkulissen Schluchten, vorgeblichen Alpentriften, spinnwebartig verzeichneten Distelhalden.
Hingepflastert die künstlichen Bergschecken, Hirtenkomparsen mit Alpenhut und Kapuze, am Wanderstab, mit Schnabelgeflecht : Sandalenritt oder -tritt an den Füßen – ein diebisch untergründiger Atemblick : Augenblick, was! die schwellenden Blüten der wilden Bergglyzinie, was! die Beifuß- und Bambus Gier, was! der gefiederte Gleitflug des Engels : seine Beine ein Wolkenpaar, inmitten himmlischer Pergola inmitten glühender

Bälle von Sternen, der Seelenkasten des Joachim blutet aus Bart und Wange, des Engels Gliedmaßen geschweifte Halbkörper rosa drapiert, usw., Hände wie Schilfstengel, in tiefliegenden Höhlen das flammende Auge.
Ins *brünette* Haar verflochten sein Erdgefälle, aus dunklen Zinnobergefilden, aus marillenbaumgrünen Forts . .
die vulkanischen Worte des Traumes des Joachim – nicht wissend was, nicht wissend wie / zuerst zuliebst *zudonnerst.* Die Locke des Engels mit Reispulver bestäubt oder der kleine Neuschnee. Blakend feinstes Schafgarbenrosa im Takt des Windes himmlisch, oder FLATTERHAFTE LEKTÜRE : *daß Eschen wie Wolken verwehen.*

die Körbe zerreißen ja alle, für Julius Patzak

so flugs! oder umwegs!: also die Schärpenprosa, Patzakprosa, und zu erkennen am Fehlen des einen Arms, welchen Armes vergaß ich, *3 Sonnen sah ich am Himmel stehn, in dem blauen kristallenen Kämmerlein*, und jemand sagt : Schreier hat ganz übermenschlich gesungen, wie Patzak!, und : sie, Schiff und Schreier, haben nach dem Konzert einander die Unterarme gedrückt .. (was für 1 Bild), während das Poesie Messer ich meine es müsse eingravieren die sanften Lieder in seine Haut, usw.
Durch den Liftschacht hören sie mich schluchzen die ganze Nacht in diesem meinem jüngsten Traum, die halbe Nacht, die ganze Nacht brannte das Licht in der Küche, wo ich schlief, auf dem hartgesottenen Fleisch meiner Sprache saß ich fest und wußte nicht weiter, vielleicht nur, daß ich damals, 50er, 60er Jahre, aber auch später, niemand anderen diese Lieder habe singen hören können, und als er nicht mehr sang, wollte ich überhaupt nicht mehr in Konzerte gehen, es war, wenn ich mich frage, was den Zauber ausmachte, tatsächlich DER SCHMELZ seiner Stimme, wie man das sagt wenn man im Vorfrühling das 1. Mal wieder den Amselgesang vernimmt, Februar / März : »ich rieche den Frühling«, und dergleichen schärpenweise.
Schlief auf dem VERLUSTBETT und mit dem Fieberthermometer und hatte 1 pompösen sympathischen Morgentraum, alles schien pausbäckig, riesig, wohlgeformt, aber ich mußte in 1 winziges Porzellanbecken pissen in meinem Traum, wie es früher die feinen Leute besaßen, für Zahnstocher, so ging alles daneben und über, aber es machte nichts, denn mit dem *Tischbeserl* wische ich alles auseinander und weg, und als ich an die 15 Stunden geschlafen hatte, waren meine Nervenstränge frisch geölt und mein Hirn ausgepustet von einem feinen gewürzten Lufthauch, der mir alles wiederschenkte, was ich benötigte, um mich andachtvoll erinnern zu können und alles aufschreiben zu können.
Aber als ich den Kasten aufdrehte wie jeden Morgen nach 6, dröhnte mir, zur Unterstreichung des Beginns eines neuerlichen

Karnevals, 1 derbe und blöde Walzermusik entgegen, sodaß ich sogleich wieder abdrehte, ich wollte ja nur die Weltnachrichten hören, wollte immer nur Binnenwahrheiten hören, mit Binnenwahrheiten herumspielen, vielleicht auch herunterspülen wie die Tablette am Morgen, eigentlich hätte es Binsenwahrheiten heißen sollen, dachte ich, während ich die Trasicor-25-mg-Tablette herunterspülte.

Ich hätte Elfriede Sch. fragen sollen oder Andreas Okopenko, ob es da Patzak Erinnerungen gebe, aber Elfriede Sch. erinnerte sich kaum an etwas, Okopenko überhaupt nicht. Aber ich war doch immer mit Georg in Patzak Konzerte gegangen, kaum mit Elfriede Sch. und niemals mit Okopenko, aber Georg war nicht mehr zu befragen, längst begraben.

Die Wienerlieder weniger, kaum auf Platte, oder Radio. Die Müllerlieder immer wieder, auch Winterreise, auch Schwanengesang. Mit Georg, damals, 50er Jahre Mozartsaal, Schubertsaal, in Polsterstühlen, und wir kicherten vor Begeisterung, ganz leise, kaum daß die uns zunächst Sitzenden etwas merkten, es war wie 1 intimes einander Necken, wir waren schwärmerisch. Aber jetzt schüre ich schon die Asche, ich meine ich schüre in der glosenden Asche meiner Erinnerung, kaum mehr 1 Funke, auf einem gelben Zettel notiert, seine *Glanzpartien*, dann Wachträume in fliegender Eile in meinem Kopf, welche, einander *überhuschend*, durch lichtgrüne Wipfel den Blick freigeben auf einen zartrosa Frühlingsmond, so 50, 60 Jahre zurückgedreht, so 50, 60 Jahre im Dunkeln herumgetappt, undsoweiter.

Finsternis Fußnote

1 Vorleger, als Kind immer das Wort Vorleger im Ohr, aber nicht deutbar, hatte keine Gemeinschaft mit Verleger im Sinn von : Versprecher, Verhörer (tatsächlich waren wir alle Verleger : wir verlegten die mürrischen Dinge, Dokumente, Fürsprachen, Unterlagen, etc.).
1 Vorleger war 1 kleiner Teppich 1 Matte, zB. vor dem Bett, um die Füße beim Aufstehen an 1 fixen Ort abzustellen, nicht wahr, 1 Art Fuß- oder Fetisch Insel, 1 Fuß Angel, -Engel, Plattform, Trampolin oder Erstickung, man erstickte vielleicht beinahe an dem Gedanken, daß der Tag eben angebrochen war, oder sich erbrochen hatte, man strampelte zuweilen auf der Fußmatte Fußnote, Fuß Misere, man wankte bloßen Fußes in die Wohnküche, verfluchte die eiskalten Fliesen, Blutlachen, Spuck Girlanden, 1 fahles Schneckenhaus auf 1 Schnecke bewegte sich auf dem Vorleger so langsam, daß ich denken mußte, es sei 1 Augentäuschung, schließlich dann das Brillen Putzen am Spültisch, *1 Grün Putzen*, weil auf dem Wischtuch tauchten lichtgrüne Punkte auf nämlich *grüngetupftes* Palaver.

für Gerhard C. Krischker

mein Hineingedachtes zu Elke Erb : 1 Art Habseligkeit

»auch 1 Kälbchen hat Geburtstag« – das sagte sie mir einmal, als ich sie nach ihrem Geburtsdatum fragte, weil ich doch alle Freundesgeburtstage vermerkt habe auf einem eigenen ewigen Geburtstagskalender, also es war immer 1 AMUSEMENT, sie anzuhören, ihre zarten Korrekturen, die sie anbrachte, wenn ich 1 Meinung äußerte (worüber auch immer, über die Schädlichkeit, sich in den Kopfpolster zu verbeißen : *Kaprizerl!*, etc.) anzunehmen oder abzuwägen oder einfach wieder zurückzunehmen, weil sie so überzeugend klang, so klug, so phantasievoll, so aberwitzig.
Daß sie 1 große Phantasie Façon hat, wissen wir alle, vielleicht weil sie in dieser wunderbar grauen Stadt aufgewachsen ist, dort ihre Studien betrieben hat –
ach, Elke!, wie mein Herz springt, denk' ich an dich!

André Thomkins »briefbeschwörer o. J.«

die Rollhose da ist keine Rollhose mehr, das Rausch Grün oder wie man sagt eine höhere Charge : Mandarine mit Rum – ich war dabei als man Ihnen nachrief, »ach unser armer Kapsar ist tot«, usw., Berlin 85, ich erinnere mich ich war dabei ohne wirklich dazuzugehören, am Rande vielleicht, über Elisabeth Pfäfflin, die so schöne grausame Blätter malte in ihren Briefen an mich.
Ich hatte Sie ja kaum getroffen, kannte einige Stilmittel, usw., Bude als Netzhautbild nach Kurt Schwitters den Sie sehr mochten. Da gab es auch diesen »Mann mit Fernrohr« der, ohne seine Hände zu bemühen, mit dem rechten Auge ein Fernrohr hält indem er das Auge zusammenzwickt (»Zwicker«), ein gestutzes Fernrohr also : wie Stutzen, gestutzte Handfeuerwaffe, etc. Dieser Mann mit Fernrohr gefällt mir, halbkugelförmiger Oberleib, runder Kopf, statt Ohren ein anderes Fernrohr quer durch den Kopf getrieben so scheint es, ein anderes Fernrohr (Monokel) liegt dort wo Füße sein sollten, Kleinplastik, eine andere Urmaschine die »löffelfigur um 1955/56« : eine menschliche Geröllhalde mit Nest aus Haaren, schwarz, zwischen den Schmalfilm Beinen, also immer was BESENHAFTES nicht wahr, »Mit Spaghetti genudelter Makkaroni, 1971« : immer was Immenses, Sensorisches, Perfides, Penetrierendes, Malträtierendes, Masturbierenlassendes in einer Sandkorn Aura, mit lauter Sandkorn Molekülen auf Briefblatt, Kodak Kasten und -stern : Stein der Weisen. Wenn ich am Morgen das Radio andrehe, *ist immer das Pizzikato*, schreibe ich an André Thomkins, ergeht es Ihnen auch so, ich pflege Umgang mit Ihren Urmaschinen Wortmaschinen Lack Haut Maschinen, assoziiere Lack Stirn Marmor Papier Marmor Haut Marmor Gewächs (Jargon), wenn ich an Ihre Turbinen aus der Phantasie, an ihre »vermöbelung« denke. Immer wieder taucht die Fackel auf an der Stirnseite des heranbrausenden in die Untergrundstation einfahrenden Zuges, also die Feuerzunge, tatsächlich gab es da eine Fackel an der Vorderseite des einfahrenden Waggons, magische Erscheinung, ich sah das ja

nicht zum erstenmal, es hatte Sie auch gefesselt. Oder wenn ich Ihre zerebralen Gärten betrachte, staut sich die Milch in meinen Gehirnbrüsten, sprudelt: »5 vor 7 meldet sich Wunsch (von nirgendwoher so scheint's) den ALPENGARTEN wieder zu besuchen, mit diesen *ausgefallenen Blumen Organismen* ich meine flexiblen Hautfarben jener üppigen *Alpentälerrosen*, Immen Rondeaus, vertikalen Verrücktheits Kränzen, ich möchte dann da hinein und irrgartenmäßig umher und nicht denken müssen an draußen (Belvederegarten in Wien)«, und da gibt es noch diese fleischfressenden Pflanzenmäuler die mich über die Maßen erinnern an Ihre »Vexierklischees, 1956«, speziell an »Hier wird Zierspargel umgetopft«, usw., *und wie ich die Kirche hinuntergehe* / down the church / in meiner Unbesonnenheit oder Unbesinnung erlebe ich dieses synästhetische Stampfen : dieses stampfende Rausch Grün Ihres Bildes »Landwirtschaft, 1955«, oder die Belehrungen einer synästhetischen Wallfahrt, in welche mich Ihr Bild »ohne titel um 1974« versetzt hat (verwunschen hat!), weil ich auf Ihrem einen Bein, über rotem Schindeldach schwebend, in das Innere eines Stiegenhauses verwiesen werde, um dort eine Treppe, die zu einem Rundbogenfenster führt, aufwärtszuhüpfen, zu trippeln, zu flügeln, zu steppen, zu humpeln, zu stigmatisieren, natürlich bei nackter Statur, die Schuhsohle übermächtig, längst abgestreift. Auf einer Ihrer LACK HÄUTE sehen Sie aus wie ein gewisser P. H., »selbstbildnis 1982«. Rauche Halbpfeife, zertrete einige meiner Notizen. Wechsle in Spuck Küche, *das Sozial Putzen steht Ihnen zu*, also Kladde Schmier Konzept oder Fleck wie auf Ihrer Zeichnung »scheibenfenster 1969«.

Sie haben es mir angetan, ich habe Sie im Sinn, ich habe mich delektiert an Ihren Werken, *ich schreibe auf Knien an Sie*, was zweierlei heißen mag.

Intonationen von PARAVENT

den PARAVENT in sich haben, sich als PARAVENT : chinesische Mauer fühlen : als Gehöft oder Atrium, verwinkelt gefaltet in leibeigenen Gelenken (Scharnieren), den PARAVENT vergleichen mit : Pseudo Wind, Schein Blähung, Schein Blendung, Bett Schirm, Wand Schirm, spanische Wand, Lou oder Wohn Container, Holbein Haube, Subkater, Dirndl Strafe, Lederversteck, konkav geschwungenes Linien-, Lilienspiel, usw.
Geblümt sein wie 1 PARAVENT, lackfarben, gefaltet, entfaltet sein, sich hinter einem PARAVENT, der man selber ist, verstekken, kleine Schnittwunden entdecken in der PARAVENT Haut, ohne ergründen zu können, wer sie uns beigebracht hat, vermutlich geboren worden sein als 1 Art PARAVENT, wendig, windig, langgestreckt und gelenkig, von oszillierendem Charakter, mit tätowierter Blumen Haut, Blütenkranz Haut, Palmenhain Haut, Meereswellen Haut, usw., die Bereifung der Füße 1 Schuhmacher Arbeit, mehrere Füße, Kugelfüße von Messingglanz.
Die Zofe Tag sein, die Zofe Nacht sein, als PARAVENT, mit schwarzen Zöpfen, mit lichtblauen Zopfschleifen, so *futtersam* und sich selber küssend (»mußt dich halt veredeln lassen von deinen eigenen Küssen . . « / Traum) –
oder als aufgefalteter ANNINGER die Gewitter abhalten, oder als PARAVENT rufen : wart' ich hol' mir nur meinen Clo Mantel . ., und auf die Spülung vergessen weil so in Gedanken verloren, oder : ist 1 ganz entzückendes KOFFERL, sehr lieb . . (Frau Glass), oder : Sie sind 1 *Arbeitsgräfin, halt wirkliche Arbeitsgräfin!*, etc. oder : Sie sind 1 PRÜGEL MADAM (Frau Glass), oder 1 HILFLING sein als PARAVENT, oder 1 Pflänzchen : weiß geädertes, gnädiges Pflänzchen, sich emporrankend an der eigenen Wand, in salbeiduftender Wiedererkennung jener Bilder welche als PARAVENT-Notizen, -Narzissen, -Tabakkuchen, -Resedenflor sich entgeistern.
ach!, wie der Fußboden uneben sei, daß der Fuß : die mehreren Kugelfüße zu straucheln beginnen, als tappten sie über schlam-

mige Wege oder als jonglierten sie auf den Kämmen verkrusteter Radspuren oder als wehten sie mit den im Wind sich wiegenden Rispen der Gräser und Berg Meister, der Rosenköpfe, mit vehementer Stimme .. *es winkte 1 Ärmel.*

Kabinett Notizen, nach James Joyce

KLAVIERWIRTSCHAFT, -BRUDERSCHAFT, -WUNDERSCHAFT : um 7 Uhr früh rufen drei Frauen an, sagen mir, das Buch ist mit Blut getränkt, kann es nicht weiterlesen, prinzipiell eine Blutkapsel, eine Blutorgie, ein Blutkarussell, Blutbarett, ABKLATSCH.
Nein nur ein Bild kein Abbild : Bild im Bild mit schwerer schwarzer Brille, Blindenstock, James Joyce vermutlich oder dessen Double, in vier Ausführungen sogenannten ALLEEN. Bild hinter Schleiern, Schleierbild, Bildnis von Sais, versuche aus der Vorstellung ES zu denken – so :

erleuchtetes Bild : Bild im Bild im schwarzen Rahmen, James Joyce vermutlich, welcher einige Augenoperationen über sich hatte ergehen lassen müssen, *mit verstörter Tochter (Urlaub am*

Bodensee, usw.) : Dropout mit Schillerkragen, wenn man will Double. 3 × täglich schöne Literatur 1 Messerspitze voll einzunehmen, Fischgestank. Während die anderen essen, verrichtet er die Notdurft im Hinterland, treibt es zum Selbstorgan, einem struppigen Etwas, (»po« & »Podex« / die zarten Gefühle / zwickst mir den Schwanz ein mit diesem deinem ewig mit geschlossenen Beinen daliegen, usw.), während FLÜSTERPAPIER : Pfütze : spiegelt, zaubert mit tausend Pfiff-und-weißnicht-was, Diagnostik der tausend Ahnen, das verpufft ja nur so, tippt man in der Morgenfrühe schon 'nen ordentlichen Brief, usw., zorniges Blutauge, Blutorgan. Habe eben den Stift abgelegt wie *Kinderlöffel aus Zelluloid* auf Untertasse.
Die Löffelei, die Schreiberei, das Herzblut, müssen Sie wissen, sage ich zu James Joyce, vertretungsweise Double, das Tollkühne Schmerzliche das ALLES UND NICHTS aber auch das Wagen, das Gewagte, das Wägende, Verwegene, also Mixtur aus Verwegenem und absolut Diszipliniertem, ja das ist der Punkt, das ist die Mitte, das ist das Medium, das ist die Sphäre, das ist das HUNDSMÄSSIGE RABIATE LEBENSWERTE, JA!
Eine der drei Telefonfrauen sagt, stehe auf und der erste Gedanke ist BLUT!, eine andere, schaue immerzu auf den Boden vor mir, auf meine Füße, ob da schon, nun Sie wissen schon, das Blut rinnt, Blutspuren auf dem Asphalt .. eine dritte, o Gott ich kann das Buch nicht mehr in die Hand nehmen : Perzeptionszwang oder ähnliches.
So die Echo-Schattenfiguren.
James Joyce über Ulysses, ich habe so viele Rätsel und Geheimnisse hineingesteckt daß es die Professoren Jahrhunderte lang in Streit darüber halten wird was ich wohl gemeint habe, und nur so sichert man sich seine Unsterblichkeit –
ständiger Brillenwechsel beim Schreiben, Entziffern, Tippen, Lesen, in der Straße Laufen, Horizont Betrachten, Gisèle Freund bemerkt, Joyce halte seinen Stock wie ein Musikinstrument. Dieses RUDEL GEHEIMNIS, sage ich, an einer bestimmten Stelle zwischen Kopf und Zwerchfell auftauchend, jeden Morgen um die gleiche Zeit, dreiviertel 5 oder früher, *ein Buch ist ein Buch* und andere ZORNWEISHEITEN, Schulterblatt ist gleich Schulterbrett – so :

wie das Blut stockt und stößt (stöhnt), durch des Magens oberstes Mundloch / Spundloch / zum Mund, sein dunkler Schnurrbart bloß angedeutet durch ein stark färbendes Getränk oder Bräunungsmittel / KAROTIN / KARZER GEFÜHLE / linkes Bärtchenende herabgezogen wie entsagender Mundwinkel, vielleicht Misanthrop.
BLUT KONKUBINE, schreit er, schlafe nur mit ihr wenn sie blutet, etc., man muß auf sich halten. Ein Bild im Bild, das erleuchtete Bild war das Bild im Bild durch den Aufprall der Sonne ich meine ins Goldfarbene Kupferfarbene *elongiert oder was?* es schimmerte in einer apokalyptischen Goldfarbe, der Untergrund waberte marmoriert, das linke nicht sichtbare Ohr weil Kopf auf Schulter noch drehbar – so :

alles setzt sich zusammen aus dieser ZOTENWEISHEIT, aus diesem *Agamemnon Gestammel*, nicht wahr, ich betrachte das *Schulterbrett*, das Schläfengebiß, den kahl gebürsteten Kopf, die schwarze Brille, den Blindenstock. War das Bild im Bild durch den Aufprall der Sonne ich meine erleuchtet? verdammt!, lauter

hauchdünne schwärzliche Blütenblätter / petals : tabakgeräucherte Lungenflügel ..
EJAKULIERTE SPRACHE!, schreit James Joyce oder Double, Sie befleißigen sich immer noch jener abscheulichen *Gänsefüßchen Sprache*, jenes verachtenswerten *Gänsefüßchen Jargons*, dieser jeglicher Berechtigung jeglichen Gewichts jeglicher Würde entbehrenden Verzierung von Rede, wo es Ihnen doch besser anstünde, eine gewähltere Sprache, die nämlich des Schweigens, zu üben

(»der kleine Hund Finnland« / FINNSPRACH' SO FURIOS ..)

als ich aus der Narkose erwachte, sagte James Joyce oder Double, zeigte man mir ein Lamm und ein Kälbchen, da überfiel mich die Angst, ich hätte die beiden Tiere imstich gelassen am Fuße des Berges, jetzt, bei Einbruch des Winters, die Taube fällt hin oder nieder / wie ein Kind aufs Knie fällt, usw.
Operation der Innenräume : Salbentuch mit schwarzem Aufdruck auf dem Küchenboden, Seifenkraut, Mondvehikel, Baum-

wollbrief in Hüttenkredenz, Stiefel Stiefkind Stieflette hinter der Eingangstür. *Wohn- oder Wippgegenstand* zeigt sich beseelt, mehr denn je, sage ich, führe ich DOPPEL EXISTENZ, innen / außen : nach außen umgänglich, einfühlsam, behutsam, verständnisvoll, innen Verzweiflung, Selbstzerstörung, geballte Faust – und was das FEDERLESEN (»federlesen's«) betrifft, so bin ich mit den Gegenständen auf du und du, diese täglichen *Handgreiflichkeiten* : was die Hand sich greift was die Hand berührt mit welchen rumorenden Gefühlen die Hand umgeht mit den Dingen, Morgendingen, Mittagsdingen, Abenddingen, getreuen Dingen, Perspektivrahmen, Blondpapier, Mäuseflausch, Müllkippe, geliebter *Sportmantel* zusammengerollt auf der Fensterbank, *wo er übernachtet hat*, finde ihn zusammengerollt am Morgen, auf der Fensterbank, Linoleumboden zerklüftet, mit tiefen Rissen, zu einer unterwürfigen Ordnung zusammengefegt, usw. Füße, Schuhe, Schnürstiefel schimmlig geworden weil feuchtes Gewinkel, haarnadelspitze Buchstaben, Chagall / Overall, Türschild verlispelt, zerspelltes GLASKERLCHEN, graue Visitenkarte hinter Glas, über und über mit Staub bedeckt.. Wohn- oder Wippgegenstand auf der Müllhalde, fadenscheiniger Hund, SENZA BRIO, ruft James Joyce oder Double, da war kein Glassplitter auf der Tischdecke eher winziger Honigtropfen, res rerum, was weiß ich, hin- und hochgedonnertes TELEFUNKEN KABINETT, usw., die Harpyienklinke niedergedrückt am Haupttor des Kölner Doms, *das Zerreißen von Gladiolen*, auf der Domplatte, sage ich, ein Mädchen auf Rollschuhen, weites Gewand, schwebt vorüber, die Venus von Willendorf auf dem Abtritt – es geht um die schwarze Brille, es geht um den Blindenstock, es geht um die *Baumwollkarte*, den ramponierten Mond, es geht um das HEILIGENGEBELL / HEILIGENBELL, es geht um die Alterskritzelei : kaputte schnörkelige Insignien, verkrüppelte Initialen, das Spiegelschrifthafte oder daß er über seinen Namen hinwegmalt, Schicht über Sicht, Namenszug über Namenszug, Palimpseste auf BLONDPAPIER o heilige Maria heiliger Nasenschleim, vergeblich versuchter Ansatz, den eigenen Vornamen zu schreiben, *hinzumalen, hinzuschleifen, zu -schleimen,* apokalyptischer Faltenwurf seiner Schrift : CALFACTERN! – dieser zerfetzte Mond auf dem Pianoforte, Sternbild des

Großen Wagen auf der Bettdecke, KORPULENZ MOBILIAR was ist das, geschürzter Vollmond im Fenster, weißblond, schweifende Mondschleppe, er gibt alles zu : HOSE, ALLES, Schamhäutchen, Abklatsch, calfactert vorüber, so als wolle er im Hinschlagen noch irgendwo Halt finden, in der griffigen Luft Halt finden, in diesem GEWÖLLE, das ihn sogleich imstich läßt; sogleich hinstürzen, umsinken, absacken, sich nicht mehr auffangen können, beinah mit Neugier Erwartung vor dem endgültigen Fallen, Stürzen, Hinstrecken, Liegen . .

es geht um die schwarze Brille es geht um die Persiflage, es geht um die Augenklappe, es geht um die sieben Bergstöcke, es geht um den Blindenstock, im Schirmständer, alles Weichselholz, zusammengerollt, auf dem Fußboden, alte karierte Autodecke (»Plaid«).

James Joyce hat die Arbeit am Ulysses eben beendet, als seine Frau Nora der Schwester Kathleen klagt : er ist wieder an einem neuen Buch.

Säbelt mit seinen Tanzbeinen Organza-, Orchesterbeinen durch die

Bahnhofstraße, mit Sepiatusche, aquarelliert, Chagallbeine, lose Glieder, das Geröll in der Mundhöhle. Ich erinnere mich, er verbat mir, Coca Cola zu bestellen, damals, in Meran, an einem dieser verdreckten Tischchen im Freien, wollte HUND TAUSCHEN oder kaputtes Fahrrad gegen intaktes Vehikel, usw., während der heißesten Sommertage verwendete ich abermals mein gelbes Schutzschild (Etikett), um die verletzlichen Adressen Salben Täubchen vor der schädlichen Einwirkung der Sonnenstrahlen zu bewahren, er säbelte vor sich hin durch die elegante Bahnhofstraße, seine losen Glieder in einer Art Spinnentanz herumwerfend, Perspektivrahmen vor sein Gesicht haltend, um am Strand, oder Wiese, Acker, einen Ausblick zu haben *wie durch ein Fenster*, und verlispelnd (Hiob 5,19) : in sechs Trübsalen wird er dich erretten und in sieben wird dich kein Übel anrühren . .
das mächtige Schulterbrett, -blatt, anziehend die abgeschnittenen Partituren seines Gesichts, und wie sie ins Vergebliche tönen, Schafgarbe Trauermantel Füße verschimmelt.
Die Spinnenbeine der Tanzschritte der Wasserfall in der Bahnhofstraße : Saum des langen weißen Bademantels schlägt naß an die dünnen Zikadenbeine, Frau als Gefrierfisch.
Was das Bild im Bild was die schwarze Brille was den nach unten *geschmierten* Schnurrbart betrifft, was das Schulterbrett was die linke hochgezogene Schulter betrifft, mit alter Autodecke (»Plaid«) umwickelt, kariertes Fagott, was den fadenscheinigen Hund, die Durchlässigkeit der Drähte dieses gewölbten Schädels betrifft, so haben wir es womöglich mit einem GEIST- oder GEISTES WUNDER / GEIST- oder GEISTES WENDER (»nootropil«) zu tun, nämlich mit der Unablässigkeit einer Versuchung, sich permanent mit Sprache zu mischen, sich permanent in ihrem fabelhaften (blutgetränkten) Morast beischlafend zu wälzen / siehe BLUT KONKUBINE – schlafe nur mit ihr wenn sie blutet, etc. / bei gleichzeitiger Beobachtung der Frage, wie man sie sich ja ohne Unterlaß stellt, was es wohl mit der Nachvollziehbarkeit dessen auf sich hat, was man geschrieben hat.
Bin unvorstellbar geworden, sagt James Joyce oder Double, mit *Henkelleibchen*, behaarter Brust, hier Spiegelschrift einfügen *roter Knall!*

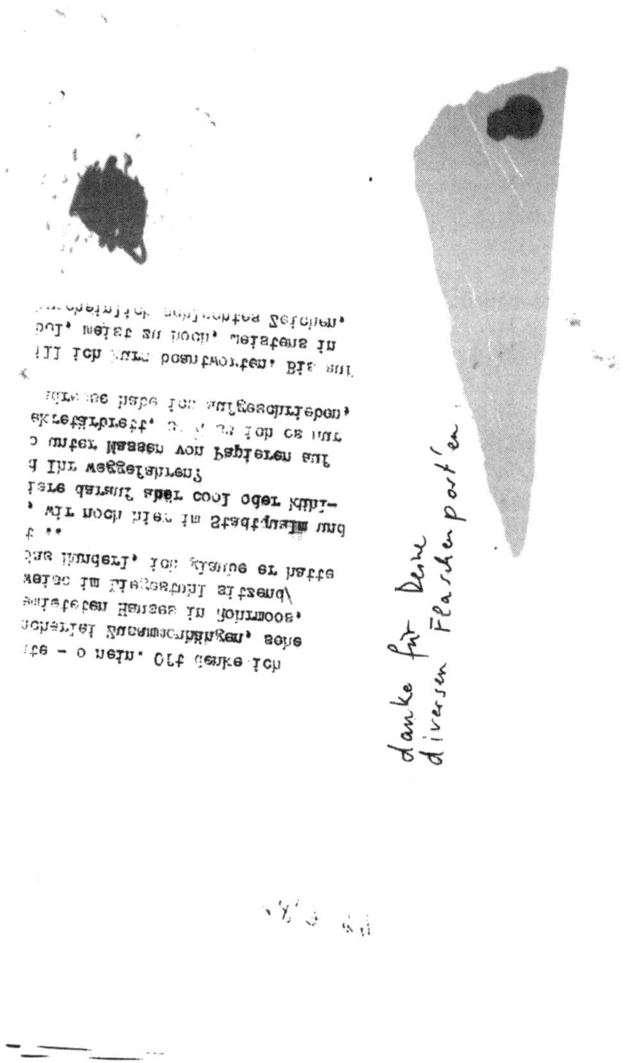
danke für Deine
diversen Flaschenpost'en

o Oberhirtin roter Knall, o unter Massen Papier in STÄDTE QUALM, o Bewußtsein ungetrübter Rute, etc., die Seiten kommen spiegelverkehrt einher, was weiß ich, verwenden Sie einen Taschenspiegel, die Schrift zu entdecken, sagt James Joyce, das Hündchen hatte damals gerade sein linkes Auge ich meine EINGEBÜSST : Raufhändel mit bulligem Köter (Krawall), treffe James Stephens öfter in der Stadt, schlendern dann die Bahnhofstraße hinunter, möchte Ihnen dieses Zufallsbildchen zusenden, roter Filzstift auf bekritzeltes Kärtchen geflossen, spiegelverkehrtes Schriftbild mit rotem Knall usw., Abdruck auf Nasenrükken, Handballen, Wange und Schläfe, wie Fieberschrift, Herzkrähe, kaputter Hund –
NARBENSCHRIFT : eben durchs Hotelfenster flotte Rollschuhläuferin erblickt, die über den leeren Domplatz schwebte, als wäre alles schon mit einer einzigen Eisfläche bedeckt, in den verglasten Nischen des Rundfunkhauses die Schlafplätze der Dropouts, und, soweit nicht belegt, mit leeren Flaschen, Bündeln und zerfetzten Decken als RESERVIERT ausgewiesen, von schwarz-weißem Kaftan Hündchen : Punk Hündchen bewacht : Fuchsschweif als Halsband, rot-blau-grün gefärbtes Schwanzende, *das Zerreißen von Gladiolen* vor dem Hauptportal der Kathedrale.
Zerscherbte Oberhündin, oder was, übernachtet auf Fensterbank, mein zusammengerollter SPORTMANTEL, ruft James Joyce, *verschlafen mein Ebenbild Agonie*.. (Aloe)
Am Morgen *Eiland des nassen Fußes* auf dem Parkett, indem dieser Abdruck Flüchtigkeit markiert, ebenso zartes Andenken, sehe ich abermals BLUT BARETT an einem Nagel gegen die Wand : blutgetränktes Hinterland, sage ich, Blut Risotto, *oh du jammervoller Fischerbursche!*

für Linde Waber

Zu den einzelnen Texten

Luftmaschen Brief an Monika Pauler, S. 7
Entstanden: 16. August 1998. Erstveröffentlichung.

vom Winterschreiben, S. 8
Entstanden: 17.-20. Januar 1998. Erstveröffentlichung in: Kolik Nr. 4, 1998, S. 108/109.

Wien 1924 bis, S. 11
Entstanden: 5. Januar 1995. Erstveröffentlichung in: Richard Reichensperger (Hg.): Vorfreude Wien. Literarische Warnungen 1945-1995. Frankfurt/M.: S. Fischer 1995, S. 182/183.

Thomas Bernhard in meinem Kopf, S. 14
Entstanden: 1. Juni 1998. Erstveröffentlichung in: Joachim Holl, Alexander Honold, Kai Luehrs-Kaiser (Hgg.): Thomas Bernhard – eine Einschärfung. Berlin: Vorwerk [8]1998, S. 95.

Maria-DIANA von den Pflanzen, oder DER KÜCHENTISCH, nach Simone Kappelers Photographie »Küchentisch, 1. 12. 1992«, S. 15
Entstanden: 15.-18. Dezember 1997. Erstveröffentlichung in: Simone Kappeler: Der Schatten der Dinge. Zürich: Semina Rerum 1998, o. P. (Ausstellungskatalog).

die Taube das ist 1 großes Tier 1 Renaissance Tier mit hoher Brust und purpurroten Zehen totarmer Stimme auch Picasso, S. 17
Entstanden: Dezember 1996. Erstveröffentlichung in: Akzente Nr. 5/97, Oktober 1997, S. 407/408.

aus dem Garten des zwanzigsten Januar, für Eugen Gomringer, S. 19
Enstanden: 11. April 1995. Erstveröffentlichung in: Drehpunkt Nr. 92, August 1995, S. 32.

der Tiger von Eschnapur, Film, S. 20

Entstanden: 30. Dezember 1997 - 2. Januar 1998. Erstveröffentlichung in: Meteor, Sondernummer: Österreichischer Film, März 1998, S. 85 - 87.

Blättersitten, S. 23

Entstanden: 30. August 1998. Erstveröffentlichung: Friederike Mayröcker, Manfred Gruber: Blättersitten. Mit Photographien von Manfred Gruber. Innsbruck: Haymon 1999 (limitierte Auflage von 500 Exemplaren).

so 1 Hinunterpastell oder über das Wasser, S. 27

Entstanden: 5.-8. November 1997. Erstveröffentlichung.

Lieber Levin Schücking, S. 29

Entstanden: April 1997. Dankesrede zur Entgegennahme des Droste-Preises in Meersburg, gehalten am 25. Mai 1997.

Laudatio auf Elke Erb, anläßlich der Verleihung des Erich-Fried-Preises am 2. April 1995 in Wien, S. 32

Entstanden: Januar - März 1995. Erstveröffentlichung unter dem Titel »Liebe Elke Erb! Laudatio auf Elke Erb, anläßlich der Verleihung des Erich-Fried-Preises« in: Protokolle Nr. 1/96, Frühjahr 1996, S. 9-14.

Gala des Messers auf einer Bettdecke, S. 40

Entstanden: 10.-16. September 1996. Erstveröffentlichung (mit Graphiken von Linde Waber): Wien: Wiener Bibliophilen-Gesellschaft 1996 (limitierte Auflage von 300 Exemplaren).

Knappenhof/Zwettl – 2 Animiertheiten, S. 44

Entstanden: Februar 1997. Erstveröffentlichung in: Linde Waber: Waber vegetativ. Ölmalerei und Tageszeichnungen 1987-1997. Wien: Österreichische Galerie Belvedere 1997, S. 17/18.

Vincent van Gogh : »Maler auf dem Weg nach Tarascon«/ Francis Bacon : »Studie zu Porträt van Gogh I«, S. 46
Entstanden: März 1997. (=Textvorlage für 1 Musik von Thomas Pernes). Erstveröffentlichung.

für Maria Lassnig, S. 51
Entstanden: 26. November 1997. Erstveröffentlichung.

Leibesgedanken, zu 5 Zeichnungen von Tobias Raphael Pils, S. 52
Entstanden: 14. August 1995. Erstveröffentlichung in: Freibord Nr. 4/95, 1995, S. 48.

Tobias Raphael Pils »Bleistift, Tusche auf Papier, 180 × 110 cm, 1995« oder Raphael-Not, S. 53
Entstanden: 14. November 1998. Erstveröffentlichung.

vom glorreichen Körper / oder Hunde, Pinsel und JEANS GERÄUSCH / nach Antoni Tàpies, S. 55
Entstanden: August 1998. Erstveröffentlichung in: Du. Die Zeitschrift der Kultur H. 691, Nr. 1/1999, Claude Simon. Bilder des Erzählens, S. 88.

»dein Wort ist meines Fußes Leuchte« oder: »Lied der Trennung«, S. 56
Entstanden: November 1998. Erstveröffentlichung als Hörspielproduktion des Österreichischen Rundfunks, 29. Juni 1999.

dieses Jahrhundert, S. 65
Entstanden: 25. September 1997. Titellose Erstveröffentlichung in: Die Zeit Nr. 43, 17. Oktober 1997, Literaturbeilage S. 22.

ich erinnere mich, S. 66
Entstanden: 20. Juni 1998.

Brecht Postille, S. 67

Entstanden: 30. Juni 1998. Erstveröffentlichung als faksimilierte Postkarte in: Christiane Görres-Everding, Richard Weber (Hg.): BrechtPOSTille. Postkartengrüße an B. B. Bonn: Bundeszentrale für politische Bildung 1998, o. P. (Ausstellungskatalog).

in einem guten Text darf eigentlich nichts passieren, für Franz Mon, S. 68

Entstanden: 15. März 1996. Erstveröffentlichung in: Manuskripte Nr. 132, Juni 1996, S. 14.

die famose Flammen Figur der Einsiedlerin Helmtrud, nach Irina Cerha, S. 69

Entstanden: 15.-17. November 1997. Erstveröffentlichung in: Irina Cerha: Zeichnungen und Aquarelle 1992-1997. Wien: o. V. 1998, o. P. (Katalog).

Puchberg, Geleitwort, Elegie, S. 71

Entstanden: 11. Februar 1997. Erstveröffentlichung in: Gernot Schuster, Peter Zöchbauer (Hgg.): Haltestelle Puchberg am Schneeberg. Porträts berühmter Gäste und Gönner. Wien, Horn: Berger 1997, S. 9/10.

an Hans Weigel denkend, S. 73

Entstanden: 19. Juli 1997. Erstveröffentlichung in: Elke Vujica (Hg.): Im Dialog mit Hans Weigel. Freunde und Weggefährten erinnern sich. Graz, Wien, Köln: Styria 1998, S. 182/183.

Giotto, Der Traum Joachims, S. 74

Entstanden: März 1995. Erstveröffentlichung in: Peter Assmann, Peter Kraml (Hgg.): Fiktion/non-fiction. Weltanschauungen zwischen Vorstellung und Realität. Linz, Salzburg: Land Oberösterreich, Residenz Verlag 1995 (= Publikationen des OÖ. Landesmuseums, Neue Folge; 86, Kubin-Projekt 1995; 4), S. 325.

die Körbe zerreißen ja alle, für Julius Patzak, S. 76
Entstanden: November 1997.

Finsternis Fußnote, S. 78
Entstanden: 1. März 1997. Erstveröffentlichung in: Monica Fröhlich, Martin Holz, Wulf Segebrecht (Hgg.): Das große Krischker-ABC. Bamberg. Otto-Friedrich-Universität 1997 (= Fußnoten zur Literatur; 41), S. 102.

mein Hineingedachtes zu Elke Erb: 1 Art Halbseligkeit, S. 79
Entstanden: 24. November 1997. Erstveröffentlichung in: Richard Pietraß, Brigitte Struzyk (Hgg.): Was über dich erzählt wird. Eine Festschrift für Elke Erb zum 18. 2. 1998. Berlin: Corvinus Presse 1998, o. P.

André Thomkins »briefbeschwörer o. J.«, S. 80
Entstanden: 27./28. Februar 1996. Erstveröffentlichung in: Berichte für eine Akademie. Berlin: Akademie der Künste 1996 (= Anmerkungen zur Zeit; 31), S. 32/33.

Intonationen von PARAVENT, S. 82
Entstanden: 12. Januar 1997. Erstveröffentlichung in: Ingrid Wald: Entdecken/Verdecken. Wien: Edition Freibord 1998, o. P. (= Freibord Sonderreihe; 47).

Kabinett Notizen, nach James Joyce, S. 84
Entstanden: 15.-28. Oktober 1994. Erstveröffentlichung (mit Zeichnungen und einer Collage der Autorin): Horn: Edition Thurnhof 1995 (limitierte Auflage von 400 Exemplaren).

Inhalt

ich danke Marcel Beyer für die mühevolle Arbeit an der Zusammenstellung des Quellenverzeichnisses in diesem Buch

Friederike Mayröcker, am 7. Juni 1999

Deutschsprachige Literatur in der edition suhrkamp: Prosa

Aebli, Kurt: Küss mich einmal ordentlich. Prosa. es 1618
- Mein Arkadien. Prosa. es 1885
Batberger, Reinhold: Drei Elephanten. es 1459
Becker, Jürgen: Ränder. es 351
- Umgebungen. es 722
Beyse, Jochen: Bar Dom. Erzählungen. es 1930
- Ultraviolett. Erzählung. es 1603
Bleisch, Norbert: Viertes Deutschland. Erzählung. es 1719
Böni, Franz: Alvier. Erzählungen. Mit einem Nachwort von Samuel Moser. es 1146
- Hospiz. Erzählung. es 1004
- Der Johanniterlauf. Fragment. es 1198
Braun, Volker: Berichte von Hinze und Kunze. es 1169
- Es genügt nicht die einfache Wahrheit. Notate. es 799
Brecht, Bertolt: Die Geschäfte des Herrn Julius Caesar. Romanfragment. es 332
- Prosa. Bd. 3. es 184
Buch, Hans Christoph: An alle! Reden, Essays und Briefe zur Lage der Nation. es 1935
- Die neue Weltordnung. Bosnien, Burundi, Haiti, Kuba, Liberia, Ruanda, Tschetschenien. es 1990
Cavelty, Gion Mathias: Quifezit oder Eine Reise im Geigenkoffer. es 2001
Dischereit, Esther: Joëmis Tisch. Eine jüdische Geschichte. es 1492
Döring, Bianca: Ein Flamingo, eine Wüste. Erzählung. es 1588
- Schnee und Niemand. Prosa. es 1779
Drawert, Kurt: Haus ohne Menschen. Zeitmitschriften. es 1831
- Spiegelland. Ein deutscher Monolog. es 1715
Enzensberger, Hans Magnus: Deutschland, Deutschland unter anderm. Äußerungen zur Politik. es 3313
- Der Weg ins Freie. Fünf Lebensläufe, überliefert von Hans Magnus Enzensberger. es 759
Erste Einsichten. Jüngste Prosa aus der Bundesrepublik. Herausgegeben von Christian Döring und Hajo Steinert. es 1592
Franzobel: Die Krautflut. Erzählung. Mit einem Nachwort von Thomas Eder. es 1987
Fritsch, Werner: Steinbruch. es 1554
Goetz, Rainald: Kronos. Berichte. es 1795

300/1/12.96

Deutschsprachige Literatur
in der edition suhrkamp:
Prosa

Grill, Evelyn: Wilma. Erzählung. es 1890
Gruenter, Undine: Epiphanien, abgeblendet. 56 Prosastücke. es 1870
Gstrein, Norbert: Anderntags. Erzählung. es 1625
– Einer. Erzählung. es 1483
Hänny, Reto: Ruch. Ein Bericht. es 1295
– Zürich, Anfang September. es 1079
Hensel, Kerstin: Im Schlauch. Erzählung. es 1815
Hesse, Hermann: Tractat vom Steppenwolf. Nachwort von Beda Allemann. es 84
Hettche, Thomas: Inkubation. es 1787
Jansen, Johannes: Heimat. Abgang. Mehr geht nicht. Ansätze. es 1932
– Reisswolf. Aufzeichnungen. es 1693
– Splittergraben. Aufzeichnungen II. es 1873
Johnson, Uwe: Ingrid Babendererde. Reifeprüfung 1953. Mit einem Nachwort von Siegfried Unseld. es 1817
– Jahrestage. Aus dem Leben der Gesine Cresspahl. Band 1. es 1822
– Jahrestage. Aus dem Leben der Gesine Cresspahl. Band 2. es 1823
– Jahrestage. Aus dem Leben der Gesine Cresspahl. Band 3. es 1824
– Jahrestage. Aus dem Leben der Gesine Cresspahl. Band 4. es 1825
– Mutmassungen über Jakob. Roman. es 1818
– Porträts und Erinnerungen. Herausgegeben von Eberhard Fahlke. es 1499
– Versuch, einen Vater zu finden. Marthas Ferien. Tonkassette mit Textheft. Mit einem editorischen Bericht von Norbert Mecklenburg. es 1416
Kirchhoff, Bodo: Body-Building. Erzählung, Schauspiel, Essay. es 1005
– Legenden um den eigenen Körper. Frankfurter Poetikvorlesungen. es 1944
Klix, Bettina: Sehen Sprechen Gehen. Prosa. es 1566
Kluge, Alexander: Gelegenheitsarbeit einer Sklavin. Zur realistischen Methode. es 733
– Schlachtbeschreibung. Roman. es 1193
Koeppen, Wolfgang: Morgenrot. es 1454
Krechel, Ursula: Mit dem Körper des Vaters spielen. Essays. es 1716
Küchler, Sabine: In meinem letzten Leben war ich die Callas. es 1799
Laederach, Jürg: Eccentric. Kommentare. es 1928
– Schattenmänner. Erzählungen. es 1929
– Vor Schrecken starr. Fixierungen, Stechblicke, Obsessionen. es 1503

300/2/12.96

Deutschsprachige Literatur in der edition suhrkamp: Prosa

Laederach, Jürg: Der zweite Sinn oder Unsentimentale Reise durch ein Feld Literatur. es 1455
Leutenegger, Gertrud: Das verlorene Monument. es 1315
Maeffert, Uwe: Bruchstellen. Eine Prozeßgeschichte. es 1387
Mattenklott, Gert: Blindgänger. Physiognomische Essays. es 1343
– Umschreibungen. Das Hier und Jetzt in den Künsten. es 1887
Mayröcker, Friederike: Magische Blätter. es 1202
– Magische Blätter II. es 1421
– Magische Blätter III. es 1646
– Magische Blätter IV. es 1954
Meinecke, Thomas: The Church of John F. Kennedy. Roman. es 1997
Middendorf, Klaus: Wer ist Patrick? Oder: Das Tagebuch. Roman. es 1701
Morshäuser, Bodo: Hauptsache Deutsch. es 1626
– Revolver. Vier Erzählungen. es 1465
– Warten auf den Führer. es 1879
Muschg, Adolf: Herr, was fehlt Euch? Zusprüche und Nachreden aus dem Sprechzimmer des heiligen Grals. es 1900
Ein Pronomen ist verhaftet worden. Die frühen Jahre in Rumänien - Texte der Aktionsgruppe Banat. Herausgegeben von Ernest Wichner. es 1671
Rabinovici, Doron: Papirnik. Stories. es 1889
Rakusa, Ilma: Steppe. Eine Erzählung. es 1634
Rosenlöcher, Thomas: Die verkauften Pflastersteine. Dresdener Tagebuch. es 1635
– Die Wiederentdeckung des Gehens beim Wandern. Harzreise. es 1685
Roth, Patrick: Die Wachsamen. Drei Monodramen. es 1614
Runge, Erika: Frauen. Versuche zur Emanzipation. es 3316
Schleef, Einar: Die Bande. Erzählungen. es 1127
Schöne Aussichten. Neue Prosa aus der DDR. Herausgegeben von Christian Döring und Hajo Steinert. es 1593
Split: Apfelsinen im Hals. Geschichten. es 1558
Stauch, Wolfgang: Eine schlechte Geschichte. es 1712
Struck, Karin: Kindheits Ende. Journal einer Krise. es 1123
– Klassenliebe. Roman. es 629
Thank You Good Night. Herausgegeben von Bodo Morshäuser. Alle Fotos: Michael Strauss. es 1227
Vogl, Walter: Hassler. Frequenzritte eines Straßenkehrers. es 1182

300/3/12.96

Deutschsprachige Literatur in der edition suhrkamp: Prosa

Von nun an. Neue deutsche Erzähler. Herausgegeben von Hans-Ulrich Müller-Schwefe. es 1003
Walser, Martin: Eiche und Angora. Eine deutsche Chronik. es 16
– Die Gallistl'sche Krankheit. Roman. es 689
– Geständnis auf Raten. es 1374
Weiss, Peter: Abschied von den Eltern. Erzählung. es 85
– Die Ästhetik des Widerstands. Roman. es 1501
– Fluchtpunkt. Roman. es 125
– Das Gespräch der drei Gehenden. es 3302
– Notizbücher 1960-1971. 2 Bde. es 1135
– Rekonvaleszenz. es 1710
– Der Schatten des Körpers des Kutschers. es 53
Sinclair (P. Weiss): Der Fremde. Erzählung. es 1007
Winkler, Josef: Die Verschleppung. Njetotschka Iljaschenko erzählt ihre russische Kindheit. es 1177

300/4/12.96

Deutschsprachige Literatur in der edition suhrkamp: Lyrik

Brecht, Bertolt: Ausgewählte Gedichte. Auswahl von Siegfried Unseld. Nachwort von Walter Jens. es 86
– Buckower Elegien. Mit Kommentaren von Jan Knopf. es 1397
Celan, Paul: Ausgewählte Gedichte. Zwei Reden. Nachwort von Beda Allemann. es 262 und es 3314
Draesner, Ulrike: gedächtnisschleifen. Gedichte. es 1948
Drawert, Kurt: Privateigentum. Gedichte. es 1584
Eich, Günter: Botschaften des Regens. Gedichte. es 48 und es 3306
Enzensberger, Hans Magnus: Blindenschrift. es 217
– Die Furie des Verschwindens. Gedichte. es 1066
– Landessprache. Gedichte. es 304
Falkner, Gerhard: X-te Person Einzahl. Gedichte. es 1996
Gräf, Dieter M.: Rauschstudie: Vater + Sohn. Gedichte. es 1888
Grünbein, Durs: Grauzone morgens. Gedichte. es 1507 und es 3330
Handke, Peter: Die Innenwelt der Außenwelt der Innenwelt. es 307
Happel, Lioba: Grüne Nachmittage. Gedichte. es 1570
Hodjak, Franz: Siebenbürgische Sprechübung. Gedichte. Herausgegeben und mit einem Nachwort versehen von Werner Söllner. es 1622
Huchel, Peter: Gedichte. es 1828
Kling, Thomas: geschmacksverstärker. gedichte. es 1523
Köhler, Barbara: Deutsches Roulette. Gedichte. es 1642
Kolbe, Uwe: Abschiede und andere Liebesgedichte. es 1178
– Bornholm II. Gedichte. es 1402
– Hineingeboren. Gedichte 1975-1979. Mit einer Nachbemerkung von Franz Fühmann. es 1110
Krolow, Karl: Schattengefecht. es 78
Oppenheim, Meret: Husch, husch, der schönste Vokal entleert sich. Gedichte, Zeichnungen. Herausgegeben und mit einem Nachwort versehen von Christiane Meyer-Thoss. es 1232
Ostermaier, Albert: Herz Vers Sagen. Gedichte. es 1950
Schindel, Robert: Ein Feuerchen im Hintennach. Gedichte. es 1775
– Geier sind pünktliche Tiere. Gedichte. es 1429
– Im Herzen die Krätze. Gedichte. es 1511
– Ohneland. Gedichte vom Holz der Paradeiserträume 1979-1984. es 1372
Schmidt, Kathrin: Flußbild mit Engel. es 1931
Söllner, Werner: Kopfland. Passagen. Gedichte. es 1504
Techel, Sabine: Es kündigt sich an. Gedichte. es 1370
Treichel, Hans-Ulrich: Der einzige Gast. Gedichte. es 1904

302/1/12.96

Deutschsprachige Literatur in der edition suhrkamp: Lyrik

Treichel, Hans-Ulrich: Liebe Not. Gedichte. es 1373
– Seit Tagen kein Wunder. Gedichte. es 1610
Von einem Land und von einem andern. Gedichte zur deutschen Wende 1989/1990. Mit einem Essay herausgegeben von Karl Otto Conrady. es 1829

302/2/12.96

15,-